In Feenechica

피네치카에서

"어젯밤에 보고
또 보는군."

그러나 그녀는 답하지 않은 채
지팡이를 쥐고 자세를 취했다.

나츠

리아피아트 지부에 재적하고 있는 민완 경위. 시원스런 성격에 깔끔한 스타일의 여성. 스푸트니크와는 앙숙이다.

유키

클루롤 보석상회의 직원으로 스푸트니크 보석점 관리담당인 어 부드러운 인상을 주는 여성이지만……?

엘사

카페 피네의 웨이트리스. 포니테일이 잘 어울리는 온화한 여성. 붙임성 있는 성격으로 나츠와 친한 사이.

소아란

마녀협회에 소속된 마법사. 사람을 대하는 태도가 나긋나긋하고, 중성적인 이목구비를 한 청년. 하지만 그 정체는 사랑스러운 소녀로 변신하여 '마법소녀 나기땅'이라고 이름을 대는 변태.

Clue

클루

스푸트니크 보석점의 종업원.
잘 웃고 잘 화내는
밤색 머리를 한 여자아이.
'보석을 토하는' 불가사의한
체질의 소유자.

스푸트니크

스푸트니크 보석점의 점주.
외모만큼은 쓸데없이 멋지지만,
입버릇이 나쁜 짓궂은 청년.
클루의 체질을 알고 있지만,
그녀에게 위험이 미치지 않도록
주위에 비밀로 하고 있다.

Sputnik

클루롤 보석상회 조직도

'보석상의 자유와 권리를 위해서'
보석상인의 보호를 목적으로
만들어진 단체.
소속된 상인의 신분을 증명하거나
보석을 감정하고 감별서를 발행하는 등,
보석상과 보석에 관련된
업무를 실시한다.
남녀 직원의 비율은 6대4 정도.
남녀평등조직.

보석상회장

임원회

◆총무부◆
총무과
홍보과
인사과
기획과
◆경리부◆
경리과
◆경비부◆
경비과

관리블록

◆업무부◆
제1업무과
제2업무과
마법업무과
보석업무과
보험관리과
공방관리과

업무블록

◆기술부◆
종합기술개발과
가공기술과
보석마법기술과
◆감정·감별부◆
보석감정·감별실

기술블록

◆법무부◆
법무과
마법무과

법무블록

◆감사부◆
감사과

감사블록

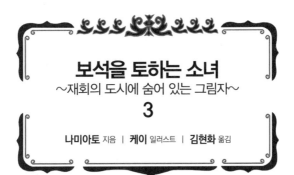

보석을 토하는 소녀
~재회의 도시에 숨어 있는 그림자~
3

나미아토 지음 │ **케이** 일러스트 │ **김현화** 옮김

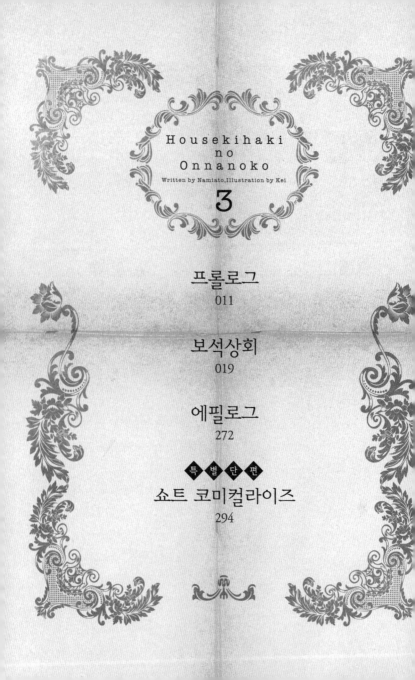

Housekihaki
no
Onnanoko
Written by Namiato,Illustration by Kei

3

프롤로그
011

보석상회
019

에필로그
272

특·별·단·편
쇼트 코미컬라이즈
294

프롤로그

"결국 가게 문 닫는 거야?"

아침 안개가 자욱한 마을에서 제일 처음 들은 말은 몹시 불길했고.

그와 동시에 진심으로 만나고 싶지 않은 사람이 하는 말이었다.

*

미리 준비해둔 마차가 이른 아침이지만 고맙게도 제 시각에 와주었다.

스푸트니크가 마차 안에 두 사람의 짐을 던져 넣자 클루가 올라탔다. 그녀의 키에 비해 비교적 높은 곳에 설치된 발판에 겨우 발을 올려서 어떻게든 차내에 올라타려는 클루의 모습을 바라보고 있던 그때, 스푸트니크에게는 전혀 재미도 없는 그 말이 날아왔다.

시야 끝자락에 여자의 모습이 비쳤고, 한순간 혐오감으로 일그러지는 표정을 자각했다. 상대하고 싶지 않다는 마음이 진심으로 솟구쳤지만, 걸어오는 싸움에 응하지 않는 것은 그의 신조에 반하는 일이었다. 경직된 뺨에 억지로 미소를 띠며 그녀──경찰국 리아피아트 지부 소속 경찰관 나츠를 향해 몸을 돌렸다.

"할망구. 노인은 아침잠이 없다는 게 사실이었나 보군, 이런 시간부터 배회하는 거냐?"

그러자 그녀의 관자놀이도 마찬가지로 힘줄이 불거졌다. 미간을 찡그렸고 눈꺼풀이 파르르 떨렸다.

"배회라는 말은 인사로 받아들일게. 우리 경관들은 치안 유지를 위해 밤낮없이 일하고 있거든. 아무개 씨 같은 나쁜 녀석들이 밤낮 할 것 없이 거리를 어슬렁대는 탓에 말이야."

"오호라, 그렇군. 선량한 장사꾼을 잡아넣는다든가 싸움을 거는 누구 같은 인간이 판을 치는 도시의 치안 유지라면 분명 힘들겠지."

"힘들 것 같다고 신경이 쓰인다면 적어도 활동 시간을 오전 9시에서 오후 5시로 자제하도록 노력하는 게 어때? 능률이 오를 거야, 특히 우리가 하는 일이."

"안타깝게도 그럼 내 일은 능률이 쉽게 안 올라서 말이지. 뭐 안심해, 우리 가겐 며칠간 휴업이니까. 네가 할 일도 줄어들겠네. 업무 축소랑 인력 삭감으로 내가 돌아오기 전까지 네가 잘렸으면 좋겠는데 말이야."

그러자 그녀는 정말 의외라는 양 스푸트니크의 말을 반복했다.

"휴업?"

수상쩍다는 듯이 눈살을 찌푸렸다. 그리고.

"야반도주가 아니고?"

에서 여유라도 엿보았는지 나츠 또한 어색하게 웃었다.

"알겠어. 본업을 완수하고 올게."

나츠가 마차에서 반걸음 떨어졌다. 스푸트니크는 손목시계의 바늘을 봤다.

슬슬 출발해야 할 시간이었다. 어수선하게 마차 안을 둘러보는 클루에게 물었다.

"깜박한 물건은 없어?"

"넵."

애용하는 가방을 가슴에 끌어안고 그녀는 씩씩하게 고개를 끄덕였다.

그렇다면 됐다, 출발이다. 출발해줘, 하고 스푸트니크가 마부에게 말을 걸려고 했다——하지만 그 말을 가로막고.

"맞다. 그런데 당신이랑 쿠, 어딜 가는 거야?"

창밖에서 정말이지 새삼스런 질문을 받았다. 하지만 생각해보니 그랬다, 나츠에게 목적지를 전하지 않았다.

딱히 그녀에게 목적지를 남길 필요는 없지만, 뭐 말한다고 해서 특별히 손해 볼 일은 없겠지. 만일 가게에 무슨 일이 생겼을 때 대비가 되기도 할 것이다. 입을 크게 벌리고 하품을 하는 클루를 곁눈질하며 스푸트니크는 나츠의 물음에 답했다.

"상회."

리아피아트 시(市)는 대륙 동부에 위치한 루카 가도의 역

마을로 번영했던 중소 도시였다.

일 년 내내 온난한 기후 덕분에 각종 과실과 화훼의 산지로 알려진 그 도시는 마녀협회 지부는 없지만, 경찰국의 치안 유지 활동이 상당히 우수하여 미해결 사건은 제로나 마찬가지였기에 무척이나 살기 좋은 땅이었다.

그런 도시 한쪽 구석에 점원 두 사람이 일하는 아담한 보석점이 있었다. ——'스푸트니크 보석점'.

보석상회
Housekihaki no Onnanoko

1

일의 시작은 열흘쯤 전이었다. ──고 클루는 생각하지만, 스푸트니크가 '그것'을 앞에 두고 끙끙댔던 때는 훨씬 전부터였으니 실제로는 더 예전에 시작되었을 것이다. 하지만 스푸트니크는 그 일에 관해서 클루에게 그날 말해주었으니 그녀에게 시작일은 역시 그날이 틀림없었다.

그날 클루가 점심 휴식을 끝내고 가게에 돌아오자 때마침 우체부 청년이 오후 우편물을 가져오고 있었다.

"앗, 안녕하세요."

"안녕하세요. 우편이에요."

여느 때처럼 수령증에 사인을 하고 우편물을 받아들었다. 이번 우편물은 두 통으로 한쪽은 흰색이었고, 한쪽은 크림색이었다. 크림색은 음각이 들어가 있는 데다 금은박 장식이 입혀져 멋졌고, 하얀색 쪽은 가장자리에 음각이 하나 들어가 있을 뿐이어서 심플했다.

그리고 그중 흰색 우편물을 클루는 본 기억이 있었다.

"두 통이에요."

"어."

다음 배달 장소로 향하는 청년을 배웅한 다음, 받아든 우편물이 모두 '스푸트니크 보석점의 점주 스푸트니크 님' 앞으로 온 것을 확인하고 카운터 안에서 가만히 책을 읽고 있는 스푸트니크에게 건넸다.

그러자 스푸트니크의 표정이 흐려졌다. 클루의 대처에 문제가 있어서가 아니라 배달 온 우편물 탓인 듯했다. 그리고 그의 기분에 거슬린 것은 아마도 두 통 중 흰색——

인가 했지만, 그는 우선 크림색 쪽을 개봉했다. 봉랍으로 봉한 봉투 가장자리에 페이퍼나이프를 넣어 재빨리 잘라 내용물을 꺼내더니, 회색 눈동자를 바삐 움직이며 글을 읽었다. 머지않아 다 읽고 나자 그의 미간에 새겨진 주름이 더욱 깊어졌다.

"저기. 그 우편물이 뭔가 잘못됐어요?"

"응? 뭐, 아니야."

슬슬 물어도 될까 싶어서 말을 걸었다. 그러자 그는 애매모호하게 우물대며 말한 후에 고민하듯이 팔짱을 꼈다. 어떻게 말해야 할지 고민하는 듯했다.

잠시 가만히 있은 후에 스푸트니크는 다른 쪽 흰색 봉투를 손에 들며 말했다.

"조만간 상회에 다녀와야 할 것 같아서."

그 말에 아무 느낌도 없었다면 거짓말이다.

흰색 봉투의 봉인 도장은 스푸트니크 보석점이 소속된 상회——클루롤 보석상회의 인장이라는 사실을 클루는 알고 있었다. 그리고 최근에 상회에서 빈번히 보내는 우편물에 스푸트니크가 매번 끙끙댔다는 사실과 예전부터 미루고 미루던 상회 방문을 여전히 하지 않았다는 사실 또한 역시 알고 있었다.

그래서 그의 말에 "그래요?" 하고 답하면서도 역시라는 생각이 강하게 들었다. 그러나 예측했다고 해서 아무 느낌도 없는 것은 아니다. 또 며칠간 혼자 가게를 지켜야 한다는 사실에 마음이 무거워졌다——하지만.

클루의 그 마음은 이어진 그의 말에 바로 사라졌다.

"그런데 이번에는 너도 데리고 가려고."

"……네에?"

예측하지 못했던 그 말에 그만 이상한 소리를 내고 말았다. 대체 무슨 바람이 분 걸까. 무심코 되물었다.

"나도, 말이에요?"

"그래. 가게를 며칠 쉬고. ……일단 널 종업원으로 등록하기는 했지만 정식으로 상회에 데리고 간 적은 없잖아? 얼굴을 비추는 것도 겸해서 안내를 할까 해서."

"가, 갈게요. 가고 싶어요."

"그러려고 했는데."

힘차게 대답했지만, 스푸트니크는 역설을 강조하며 말을 이어갔다. 크림색 봉투를 흔들며 그는 클루에게 이렇게 말했다.

"이거, 숙소에서 온 답이야. 예정일의 공실 상황을 물었는데 1인실은 하나만 비어 있다고 하네. 2인실은 준비할 수 있다고 하는데, 뭐…… 그건 좀 그러니까."

"네에? 저, 저, 저기."

이어질 말이 클루에게 있어서 흥미롭지 않다는 사실은 쉽게 상상할 수 있었다. 그래서 말을 가로막고 다시 한 번 자신의 희망을 전했다.

"가, 가고 싶어요. 데려가주세요."

"내 말 못 들었어? 방이 준비 안 된다잖아."

"2인실도 괜찮아요. 아, 저, 스푸트니크가 졸리면 자장가를 불러줄게요."

"필요 없어."

"저기, 그리고 팔 베게도 해줄게요."

"그건 더 필요 없어."

열심히 성의를 전했지만, 그는 단 한마디로 잘라냈다. 희망이 없는 상황에 그만 뾰로통해졌고──그때 문득 한 가지 생각을 떠올렸다.

"그런데 옛날엔 나, 스푸트니크와 같은 방에서 자지 않았어요?"

그에게 막 '고용되었을' 무렵, 클루가 아직 자신의 일을 스스로 처리할 수 없었던 시기의 이야기로, 확실히 그와 같은 방에서 생활했다. 그는 어둠과 자신의 기억에 두려워하던 클루의 곁에 밤새도록 있어주었다.

"물론 방을 두 개 예약할 수 있으면 최고겠지만, 그 외에 방법이 없으면 어쩔 수 없잖아요. 그리고 다소 프, 프라, 프라버시가 없는 건 어쩔 수 없고요. ……프라버시였던가? 후라버시? 프라……."

그녀는 고개를 갸웃거리다 문득 떠올렸다.

23

"프라버시시!"

"프라이버시 말이지?"

"네, 그거요."

고개를 끄덕였다.

클루의 말에 스푸트니크는 흐음 하고 신음했다. 아무래도 그의 내면에도 그런 생각은 있었던 듯했다.

정조 교육에 그다지 바람직하지는 않다고 투덜댔지만, 달리 좋은 아이디어가 생각나지 않는 모양이었다. 그는 혼잣말을 중단하더니 길고 깊은 한숨을 쉬었다.

"……아침 일찍 가야 해."

그는 나지막한 목소리로 중얼거리듯이 말했다.

갑작스런 말에 한순간 멍했지만, 누구에게 한 말인지는 명확했다. 클루는 바로 정신을 차리고 고개를 몇 번이고 끄덕였다.

"전날 밤에 일찍 잘게요. 시계도 많이 맞춰둘게요."

"마차에 타면 엉덩이도 아플 거야."

"제일 폭신폭신한 방석을 가지고 갈게요."

그러자 스푸트니크는 체념한 듯이 고개를 떨어뜨렸다. 가볍게 머리를 긁적이며 "어쩔 수 없나"라고 중얼거리더니 고개를 들었다. 그리고 마침내 상회에서 온 편지를 펼쳤다.

대충 훑어본 후 클루를 향해 편지를 치켜들고 말했다.

"관리담당자랑은 열흘 후 오후 약속을 잡았어. 출발은 열흘 후 이른 아침이야. ——갈아입을 옷이랑 용돈, 그 외 여러 가지, 깜박하는 물건이 없도록 준비해둬."

그 순간 마치 세상이 활짝 밝아지는 것처럼 느껴졌다.

오랜만에 멀리까지 나가는 외출이다. 간식은 얼마나 준비할까, 도시락은 하나면 충분할까, 아니, 그것보다 어떤 옷차림으로 갈까. 상회에 간다면 그의 종업원으로서 부끄럽지 않을 옷차림으로 방문해야 하는데, 지나치게 꾸미면 유별나 보이려나. 조만간 옷가게랑 신발가게랑 모자가게에 가고, 도서관에 가서 매너에 관한 책도 빌려야지. 그리고 그 도시의 특색이랑 관광 명소도 조사하고. 해야 할 수많은 일들이 고양감과 더불어 클루의 마음에 샘처럼 솟아서 멈추지 않았다. 아아, 우선 뭐부터 시작해야 할까!

"쿠. 대답은?"

눈앞의 스푸트니크를 흠칫하고 보았다. 그녀의 들뜬 모습에 어이가 없는지 그는 쓴웃음을 짓고 있었다. 못 말리는 녀석이라고 생각하고 있을지도 몰랐다.

그럼에도 들뜬 기분을 가라앉힐 수 없었다.

클루는 활짝 웃는 얼굴로 고용주를 똑바로 쳐다보더니 씩씩하게 대답했다.

"넵!"

＊

"외아, 클루, 피네치카에 가는 거야?!"

이튿날 오후 카페 피네.

안나가 간식을 먹자고 해서 온 자리에서 스푸트니크와 외출하게 됐다는 사실을 이야기하자 그런 대답이 돌아왔다.

"응. 스푸트니크랑 같이 보석상회에 가게 됐어."

"외, 외롭겠다."

그러자 안나의 표정이 놀라움에서 슬픔으로 바뀌었다. 울상을 지으며 눈을 가늘게 뜨고는 흘러넘칠 것 같은 감정을 참고 있는 듯했다.

"나 잊어버리면 안 돼."

"걱정 마, 안 잊어버려. 그러기엔……."

고작 이틀이잖아——라고 말하려다가 문득 생각났다.

그러고 보니 클루로서는 상당히 오랜만에 도시 밖으로 나간다. 여행을 다닐 무렵의 일을 잊지는 않았지만, 클루에게는 상당히 옛날처럼 느껴졌다. 그만큼 이 마을은 자신에게 당연한 존재가 된 것이다.

따뜻하고 다정한 도시. 고작 이틀이라고는 하지만 그곳에서 멀어지다니.

"나, 나아."

그렇게 꺼내던 말이 떨리다가 사라졌다.

카운터 자리에 놓인 의자가 높아서 공중에 대롱대롱 떠 있던 발이 괜히 심란함을 부추겼다. 헤어짐을 아쉬워하며 눈물을 글썽이는 친구의 모습을 보니 클루의 콧속도 시큰해졌다.

"나, 나도 외로울——."

"자아, 팬케이크, 오래 기다렸지?"

눈물이 그만 흘러 떨어질 것 같았던 바로 그때, 각자 앞에 요리가 나왔다.

따끈따끈한 팬케이크였다. 알맞게 구워져 옅은 갈색을 띠는 표면과 무심코 손가락으로 찔러보고 싶을 만큼 폭신폭신 도톰하게 부풀어 오른 팬케이크. 안나의 팬케이크에는 시트러스 소스가, 클루의 몫에는 허니너츠가 곁들여져 있었다. 솟구쳐 오르던 눈물이 군침으로 바로 바뀌어 목에서 꿀꺽 하는 소리가 났다.

안나와 얼굴을 한 번 마주하고 나서 팬케이크를 다시 보았다. 뱉은 말은 더 이상 헤어짐을 아쉬워하는 게 아니었다.

"잘 먹겠습니다."

"잘 먹을게요."

"그래, 많이 먹어."

카운터 안에서 웨이트리스인 엘사가 빙긋이 웃었다. 허니너츠를 듬뿍 뿌려서 버터가 녹아내린 부분을 함께 베어 먹자 입안에 행복이 가득해졌다.

"맛있어요."

"후훗, 고마워. 그런데 클루, 피네치카에 여행을 간다고?"

"아, 네."

"거기, 좋은 곳이야. 아, 저기, 안나가 먹는 소스에 들어간 과일 껍질 있잖아. 그거, 피네치카에 사는 친척이 보내준 거야."

그 말을 들은 안나는 놀라서 눈을 깜박였다. 그녀 바로 옆에 있는 작은 병 안에는 오렌지색 액체가 여전히 절반 정도 들어 있었다. 그 아랫부분에 무언가 조각이 많이 들어 있었다.

"친척이요?"

"그래. 이야기한 적 없었던가? 우리 할아버지랑 할머니, 피네치카 출신이거든. 그래서 우리 가게를 카페 '피네'라고 하는 거야."

"와아."

"할머니가 우연히 피네치카에 온 상인인 할아버지한테 한눈에 반해서 연인 사이가 됐는데 가족들한테 허락을 못 받아서 말이야. 사랑의 도피……라고 할까, 절반은 할머니가 가출한 것 같지만. 할아버지가 살고 있는 이곳까지 따라왔어."

"멋져요……."

이번에는 클루의 머릿속이 허니너츠처럼 달콤한 상상으로 가득해졌다. 서로 끌리는 젊은 남녀의 실루엣이 자신과 스푸트니크로 바뀌기까지 시간은 그다지 걸리지 않았다.

피네치카 거리에서 손을 잡고 영원한 사랑을 맹세하는 두 사람——

"그렇군요, 그럼 엘사 씨, 피네치카는 사랑의 도시네요?"

"그런 이야기가 있는 건 아니지만, 우리 할아버지랑 할머니한테는 그렇겠지.”

“그렇다는 말은…… 이건 단순한 외출이 아니라.”

열심히 상상하는 클루의 곁에서 안나가 불쑥 말했다. 팬케이크를 또 한 입 음미하며 그래 그래 하고 끄덕이고는 그녀가 한 말은.

“즉, 혼전 여행인 거네, 클루!”

“혼?!”

반짝반짝 빛나는 안나의 눈동자. 클루의 뺨은 단숨에 뜨거워졌다.

그건 즉, 그러니까 즉.

“혼, 혼전이라니, 우, 우린 아직 그, 그런 게.”

“그치만 그렇게 될지도 모르잖아? 미혼인 남녀가 사랑의 도시에 둘이서 여행 가다니! 뭐야아, 그런 거라면 그렇다고 얼른 말해주지 그랬어! 울면서 보낼 일이 아니잖아, 미안해! 조심히 다녀와. 외롭지만 돌아오길 기다릴게!”

“그, 그래, 고마워.”

“그래서 돌아오면.”

“응.”

“스푸트니크랑 무슨 일이 있었는지 확실히 보고해야 해!”

“으, 응…… 뭐, 뭐어어?!”

선물을 사달라는 말이라고 생각하고 있다가 완전히 허를 찔려 말문이 막혔다. 무슨. 무슨. 무슨 일이라니——무슨 일이라니!

사랑의 도시로 단둘이서 가는 여행. 상회의 높은 사람에게 자신을 스푸트니크의 종업원으로 인정하고 축하의 뜻으로 둘이서 맛있는 음식을 먹고, 어느새 어엿한 숙녀로 성장한 클루에게 스푸트니크가 조금 놀라서, 중략, 그리고 "사실은 상회에 부탁했어"라며 스푸트니크가 건넨 선물은 맹세의 반지와 맹세의 키──

 "여자는 배짱이 있어야 해, 힘내, 클루!"

 "아, 아니, 그, 그게 아니라."

 몰아붙이는 안나와 그녀의 말. 클루는 상상력의 한계가 바로 찾아와서 불타는 뺨에 양손을 갖다 댔다.

 숙인 고개 앞에 있는 팬케이크는 여전히 먹음직스러워 보였지만, 가슴이 벅차서 지금은 무언가를 먹을 만한 기분이 아니었다. 아아, 아아, 어쩌지, 어쩐다지!

 ──가슴을 채운 감정에 클루가 혼자서 버거워하고 있는데.

 "피네치카 시에서 무슨 일이 있을지는 모르지만."

 상냥한 목소리가 귀에 닿았다.

 고개를 들었다.

 "어쨌든 클루한테 뜻깊은 여행이 되기를 바랄게."

 엘사가 빙긋이 웃음 짓자──클루는 깜짝 놀라서 숨을 머금었다.

 뜻깊은 여행.

 그렇다. 본래의 목적을 떠올렸다. 여행의 목적은 어디까지나 보석상회 방문으로, 자신은 종업원으로서 인정받기 위해 가는 것이며 그곳은 불순한 마음가짐으로 갈 만한 장소가 아니었다. 여행지에서 보이는 클루의 어른스러운 일면으로 스푸트니크를 놀라게 한다든지 자연스러운 배려로 설레게 한다든지 하는 그런 상황이 결코 목적이 아니다! 물론 그런 일이 있어도 상관은 없지만 말이다!

팬케이크 위에 올라간 딱딱한 너츠를 하나 집어 들어 오도독 소리를 내며 씹었다. 그리고.

"나, 스푸트니크 보석점의 종업원으로서 열심히 일하고 올게요!"

소리 높여 선언한 클루에게 안나는 성대한 박수를 보냈고 엘사는 격려의 말을 해주었다.

분명 멋진 여행이 되리라고 믿어 의심치 않았다.

──이때는 말이다.

*

멋진 여행.

마차가 피네치카를 향해 달리기 시작하고 나서 그 생각이 잘못되었다는 사실을 깨닫기까지는 시간이 그리 걸리지 않았다.

"야, 이제 살아났어?"

"으……."

방문을 여는 소리와 함께 들린 고용주의 목소리. 그러나 클루는 작게 신음하는 게 고작이었다.

——리아피아트 시에서 마차로 출발해서 하늘이 완전히 붉어졌을 무렵 목적지에 도착했다. 클루와 스푸트니크가 찾아온 피네치카 시는 리아피아트 시에서 루카 가도를 따라 마차를 타고 서남쪽으로 반나절 정도 가면 있는 도시였다. 도시 외곽에 있는 큰 동물원과 과실을 가공한 과자가 명물로, 무엇보다 클루롤 보석상회의 지부가 있는 도시이기도 했다.

스푸트니크가 말한 바로는 애초에 점심이 지났을 무렵에 도시에 도착해야 했지만, 이렇게까지 훨씬 늦어진 이유는 다름 아니었다.

"우……우에에에엑."

"아직 죽어 있는 건가."

쓴웃음이 묻어나는 그의 목소리. 클루는 그 말에도 역시 대답할 수 없었다.

입을 벌리고 소리를 뱉은 것이 계기가 된 양, 목 안쪽에서 뜨거운 게 치밀어 올랐기 때문이다. 그러나 이번에 치밀어 오른 것은 그녀의 '체질'——보석과는 조금도 닮지 않았다.

이곳은 피네치카 시의 어느 숙소에 있는 한 방이었다. '마법사 사절'을 내세운 이 숙소는 보석상들이 즐겨 찾는 시설이라고 한다. 로비에는 폭신폭신한 카펫과 정성스럽게 꽃꽃이한 꽃, 환대하기 위해 준비된 차와 과자 종류가 있어서 이것저것 할 것 없이 근사했지만, 얼굴이 새파래진 채 스푸트니크의 등에 업혀 있던 클루가 그것을 즐길 여유가 있을 리 없었다.

오래 살아서 정든 도시에서 여행을 떠나자 처음에는 확실히 기쁜 마음이 가득했다. 오랜만에 타는 마차, 밖으로 지나가는 경치, 뺨을 어루만지는 바람, 마차 바퀴가 돌아가는 요란한 소리. 스푸트니크와 둘만 있는 공간과 부드러운 방석에서 전해져오는 충격도 어우러져서 비일상에 가슴이 고동쳤다.

하지만 그것도 길게 이어지지 않았고, 몸 상태의 변화가 클루를 서서히 덮쳤다. 뺨이 뜨거워지고 현기증이 났고, 사고가 시각을 따라갈 수 없어졌다. 클루가 자신의 몸 상태가 이상하다고 생각했을 때는 이미 늦어서, 초반에 고동치고 있었을 터인 가슴은 울렁울렁 끓는 듯한 열기와 더불어 속에 든 것을 역류시켰다. 마차 멀미였다.

도중에 몇 번이나 마부에게 마차를 세우게 해서 휴식을 취하며 온 탓에 도착한 시각은 당초의 예정보다 훨씬 늦어졌다.

"뭐, 누워 있으면 금방 괜찮아질 거야. 그렇게나 '일찍 자라'고 했는데 늦게까지 안 자고 있어서야."

침대 위에서 몸을 웅크리고 세면기에 얼굴을 박고 있는 클루의 귀에 스푸트니크가 한 말이 닿았다. 동시에 등에 닿은 그의 손이 그녀를 안정시키기 위해 천천히 쓰다듬었다.

정착하기 전에 그를 따라서 여행했을 무렵에는 마차 멀미를 한 번도 한 적이 없었는데.

"스푸트니크."

"왜?"

"속상해요. 쿠는 약해졌네요…… 우욱."

"환경이 달라지면 체질도 달라지는 법이야. 방심했군."

"옛날에는 바닥에 떨어져서 밟힌 밥을 먹어도 배탈이 안 날 만큼 강했는데…… 밥…… 우에에엑."

"됐어. 그만 자학하고 가만히 있어."

말에 반응해서 위가 활동하여 다시 구역질이 났다. 하지만 속이 비었는지 나오는 것은 없었다. 위액 한 방울도 올라오지 않았다.

물로 입을 헹구고 세면기에 뱉어낸 후, 그대로 침대에 엎드렸다. 잠시 동안 후우후우 하고 거친 숨을 내쉬었지만, 문지르는 손 덕분인지 아니면 단순히 흔들리지 않는 방 때문인지 잠시 후에 자연히 가라앉았다.

익숙하지 않은 베개에서 고개를 들고 목을 움직여 스푸트니크가 있는 쪽을 보았다. 괜찮냐고 묻는 말에 답하려다가 ——깨달았다.

"어?"

그곳에 서 있는 스푸트니크는, 익숙한 모습의 그와 조금 달랐다.

"어느 틈에."

"네가 토하고 있는 동안에 갈아입었어. 상회에 가는데 헝클어진 머리에 늘 입는 헐렁한 셔츠로 갈 순 없으니까."

그렇게 말하는 스푸트니크는 드물게도 고급스러워 보이는 슈트를 차려입고 있었다.

진회색 스리피스 슈트는 올백으로 정리한 검은 머리카락과 잿빛 눈에 잘 어울렸다. 그리고 적갈색 가죽 구두와 청색 넥타이가 그에 잘 어울리게 맞춰져 있었다. 더군다나 왼쪽 옷깃에는 은색 핀이 꽂혀 있었다. 두 개의 문장을 실버 체인이 잇는 디자인으로 한쪽은 우편에서 자주 보던 보석상회의 문양이었고, 다른 하나는…… 무엇이었는지 금방 떠오르지 않았다. 잠시 생각하다가 마침내 스푸트니크 보석점의 문양이 떠올랐다――'가게 분위기에 어울리지 않는다'는 스푸트니크의 독단으로 장식하지는 않았지만, 문장을 본뜬 방패가 가게 창고에서 먼지를 뒤집어쓰고 있는 것을 알고 있었다.

하지만 좀처럼 생각나지 않았던 이유는 클루의 기억력 때문만이 아니었다. 지금, 클루의 머릿속은 엉망진창이었다. 마치 불로 달군 것처럼 뺨이 뜨거웠고, 산소가 결핍된 양 머리가 어지러워서 진정이 되지 않았다. 그러나 그것도 어쩔 수 없는 일이었다.

이 사람은 성격은 그렇다 쳐도 외양만큼은 정말이지 완벽했다. 상의 단추를 자연스레 풀고 침대에 걸터앉은 그의 모습은 어떤 명화보다도 그림 같아서 그만 한숨이 새어 나왔다. 이렇게, 이렇게 멋진 그와 나란히 거리를 걸을 수 있다니. 이런 멋진 그의 유일한 종업원으로 소개시켜주다니, 어쩜 이렇게나 사치스런 일이 있을까!

아아, 역시 조금 더 무리를 해서라도 옷가게 쇼윈도에 장식돼 있던 그 어른스런 원피스를 샀어야 했다. 점원이 말한 대로 자신이 입기에 그 옷은 확실히 가슴이 '살짝' 헐렁했을지도 모르지만, 패드로 '조금' 채우면 딱 좋았을 터였다. 그랬으면 자신도 어느 정도는 그와 어울렸을지도 모르는데 ――온갖 생각이 들었다, 그러나.

클루의 행복한 후회를 그녀의 아름다운 고용주는 최악의 형태로 불식시켜주었다. 재킷의 커프스단추를 확인하며 그녀를 보지도 않고 이렇게 말한 것이다.

"넌 여기서 방이나 지켜."

그만 "어어?" 하는 목소리가 새어 나왔다.

눈을 한 번 깜빡였다. 그리고 말의 의미를 이해하고 클루는 그만 거친 소리를 냈다.

"기껏 왔는데!"

"그야 처음에는 데려갈 생각이었어. 그렇게 골골거리지 않았다면 말이야."

몹시 냉담한 말이 돌아왔다. 오른손으로 하얀 장갑을 만지작거리며 스푸트니크는 그녀를 노려보았다.

"가게라면 그렇다 쳐도 상회 응접실에서 실수라도 하면 큰일이잖아. 내 평판에도 영향을 끼칠 거야."

"아, 안 그래요. 실례되는 행동은 안 해요!"

"글쎄. 이야기가 어렵다며 꾸벅꾸벅 졸 것 같은데."

"그렇지는."

않아요, 라고 말하려다 삼킨 것은 자신의 몸 상태를 깨달았기 때문이다. 그가 생각하는 정도는 아니지만, 오래 흔들리는 마차에 타고 있었고 계속 구토를 하기도 해서 조금 확실히, 아주 조금, 아주 조금은 지쳐 있었다. 이런 상태에서 그의 곁이라는, 안심할 수 있는 장소에서 클루가 이해할 수 없는 어려운 말이 난비하고, 더군다나 만약 그곳이 수면에 적합한 정도로 냉난방이 되어 있다면.

"……조, 졸리면 눈을 감고 생각하는 척할 테니까……."

"방 지키고 있어."

최대한 타협안을 제시했지만, 그는 한마디로 잘라냈다.

"넌 자고 있어. 열도 나잖아."

왼손이 클루의 뒷덜미를 둘렀다. 귀 뒤쪽에 닿자 다시 "우엑" 하는 소리가 나왔다. 그가 그 열을 어떻게 받아들였는지는 모르지만, 잠시 뭔가 생각하더니 손을 뗐다.

침대에서 일어나 재킷 단추를 잠그며 말했다.

"끝나면 데리러 올 테니 저녁 먹으러 가자. 그때까지 충분히 쉬면서 위를 회복시켜놔."

"읍……."

한심스러운 자신의 모습에 그만 이불로 얼굴을 덮었다. 이어서 입을 떼고 나온 말은 멋쩍음을 감추기 위해서 한 말이지, 진심으로 그렇게 생각해서 뱉은 것은 아니었다.

"그, 그렇게 말해놓고 상회의 예쁜 여자랑 밀회하는 걸 나한테 방해받고 싶지 않은 거 아니에요? 그래서 데려가고 싶지 않아진 거 아니에요?"

——그러나.

그 말을 듣고 재킷의 깃을 바로잡던 그의 손이 딱 멈추었다.

잠시 침묵이 흘렀다.

이윽고 스푸트니크는 발밑의 가방을 들더니 빠른 걸음으로 침대에서 멀어져 갔다. 그리고 문손잡이를 잡더니 그녀가 있는 곳은 돌아보지도 않고 빠른 어조로 말했다.

"다녀올게."

"스푸트니크!"

아무래도 정곡을 찌른 것 같았다. 이름을 불렀지만 그는 돌아보지 않고 클루를 두고 방을 나가버렸다.

고요한 방에 홀로 남겨지자 화가 부글부글 끓어올랐다. 정말이지 품행이 불량한 고용주다! 그래봤자 보이지 않는다는 사실을 알면서도 클루는 얼굴을 최대한 뾰로통하게 만들어서 그가 나간 문에서 새침하게 다른 곳을 쳐다보았다.

"스푸트니크는 바보."

*

클루롤 보석상회는 현 상회장이자 전직 보석상인 클루롤 씨가 한 세대 만에 일으켜 세운 보석상 호조조직이다.

예전에 그가 현역 보석상일 무렵, 업계에서는 상품이 도난당하거나 도둑들에게 습격을 받는 등, 상인이 범죄 행위에 휘말리는 사례가 적지 않았다. 그래서 보석 상인이나 보석점, 그리고 그 종업원의 안전 확보 및 업계 노동 환경의 개선을 목표로 클루롤 씨를 비롯한 상인이 모여서 클루롤 보석상회를 세웠다. 원래는 보석점이나 보석 상인의 보호를 목적으로 만들어진 단체지만, 지금은 그뿐만 아니라 소속된 상인의 신분을 증명하거나 보석 감정과 감별서 발행, 등록 보석점의 보험 기능, 보석상끼리의 중개 등, 보석에 관한 업무까지도 처리하고 있었다.

보석점 호조조직은 여러 군데 있지만, 그중에서도 클루롤 보석상회는 가장 오래되고 회원 수가 가장 많은 조직이다. 그리고 스푸트니크 보석점 또한 그곳에 회원 중 하나로 등록되어 있었다.

"어서 오십시오."

클루롤 보석상회, 피네치카 지부. 스푸트니크가 그 문을 밀어서 열자 접수원 아가씨의 인사와 더불어 은은하고 달콤한 향기가 그의 코에 닿았다. 꽃꼿이한 꽃에서 나는 향기가 아니라, 꽃향기가 나는 향을 어딘가에서 피우고 있는 모양이었다.

접수처로 발걸음을 옮겼다. 고개를 깊이 숙이는 접수원

아가씨에게 빙긋이 미소 지어서 인사했다. 귀찮은 일을 피하기 위해서 적당히 붙임성 있게 구는 행동에 딱히 다른 뜻은 없지만, 그러나 그것도 그 아이는 "여자라면 사족을 못쓴다니까!" 하고 눈을 분명 치켜뜨겠지.

"리아피아트 시의 스푸트니크 보석점에서 왔습니다. 약속 시간보다 많이 늦어져서 죄송하지만, 저희 상점 관리담당자인 유키 님께서 바쁘지 않으신지——."

"어머, 스푸트니크 님."

익숙한 목소리가 오른쪽에서 들렸다.

그쪽을 보자 한 여성과 눈이 마주쳤다.

생머리에 다갈색 눈동자. 호인임을 상징하듯이 살짝 처진 눈꼬리는 안경테에 조금 가려져 있었다. 살구 같은 오렌지색 입술을 웃는 형태로 만들며 그녀는 정중하게 인사했다.

"안녕하세요. 기다리셨죠?"

"오랜만이네요, 유키 씨. 요전번에는 갑자기 일정을 변경해서 죄송합니다. 그리고 오늘도 도착이 많이 늦어져서 실례했네요."

"괜찮아요. 상업에 종사하는 분들은 역시 바쁘시잖아요. ——응접실을 잡아놨어요. 이쪽으로 오세요."

그녀는 한 손으로 책자를 끌어안고 비어 있는 한쪽 손을 안으로 향했다. 그리고 근처를 걸어가던 여성에게 "죄송한데, 제2응접실에 차 두 잔만 부탁할게요" 하고 지시를 내리더니 그녀, 스푸트니크 보석점 관리담당자 유키는 스푸트니크를 향해서 렌즈 너머의 눈을 다시 가늘게 떠 보였다.

클루롤 보석상회 업무부 제1업무관리과 직원. 그것이 그녀, 유키의 정식 직함이었다.

보석상회 직원으로, 상회에서 스푸트니크 보석점의 관리 업무 이모저모를 혼자 짊어지고 있는 사람이다. 물론 그녀가 관리를 담당하는 상점은 스푸트니크 보석점뿐만 아니라 여러 군데나 있기 때문에, 그녀라는 직원에게 있어서 스푸트니크 보석점은 자신이 담당하는 안건 중 하나에 불과했지만, 스푸트니크에게 있어서 그녀는 신세를 지고 있는 상회 직원, 그'뿐만'인 사람이 아니었다.

"최근에 상회는 어떤가요?"

그녀는 제2응접실이라는 팻말이 달린 공간에 안내한 후 안쪽 소파에 앉기를 권했다.

스푸트니크 보석점에 갖춰진 것보다 훨씬 고급스런 소파에 허리를 파묻으며 건너편에 앉은 유키에게 그런 질문을 했지——만 어째서일까.

잡담인 그 질문에 그녀는 눈을 크게 떴다. 묻지 않기를 바라는 것을 질문받은 듯한 표정이었다.

유키는 몇 번인가 반복해서 얕게 호흡하고 나서 천천히 입을 열었다.

"——요전번에 깜짝 놀랄 만한 일이 있었어요."

목소리가 떨리고 있었다. 그렇게 되면 단순한 잡담이라고는 할 수 없었다.

반응도 하지 않고 스푸트니크는 이어지는 말을 기다렸다. 그녀는 주저하듯이 틈을 잠시 두고 마치 범죄자가 고백하는 양 불쑥 중얼거렸다.

"제가 보석 감정서를 위조하고 있다는 의혹이 있었다고 해요."

"위조?"

흘려들을 수 없는 말이었다. 그만 험악한 시선을 그녀에게 보내고 말았다.

그러자 그녀는 양팔을 내밀어서 크게 흔들었다. 그리고 빠르게 말했다.

"저, 저기, 물론, 오해예요. 보석 감정서 부본을 보관하는 파일과 회의 서류가 들어 있는 파일이 많이 비슷하지만, 그때 전, 자료 창고에서 과거의 회의 서류를 서둘러 가져오라는 명령을 받아서 급하게 자료 창고에서 가지고 왔는데, 때마침 그 모습을 목격한 분이 있어서 다급한 모습으로 파일을 가지고 달려가는 모습이 아무래도 그분에게는 수상쩍게 보였나 보더라고요. 그래서 제가 가지고 있던 파일이 혹시 보석 감정서가 아닐까, 제가 뭔가 나쁜 짓을 꾸미느라 가지고 나온 게 아닌가 하고 오해를 받아서…… 감정서 부본은 회의 서류와 달라서 가지고 나올 때는 기록이 필요한데 그 기록이 남겨져 있지 않던 것도 제 혐의를 깊어지게 했나 봐요."

스푸트니크는 깊은 한숨이 나오려는 것을 어떻게든 참았

다. ——사람을 깜짝 놀라게 하고 말이야.

그렇다고 해서 그녀를 비난하는 것은 도리에 어긋난다. 그녀는 처음부터 '의혹'이라고 말했으니 말이다. 불만을 터뜨리고 싶어지는 것을 꾹 참고 표정만큼은 웃어 보였다.

"그거 참. 큰일이었네요."

"요즘 상회에서는 모조석 적발에 힘을 쓰고 있어서요. 내외부 할 것 없이 단속을 강화하고 있어서 어쩔 수 없는 일이긴 해요."

"그렇군요. 하지만 어째서 누명을 쓰지 않고 넘어간 거죠?"

"제가 회의 서류를 가져갔다는 걸 업무과 분들이 기억하고 있었거든요. 결국 제가 모르는 사이에 제 일이 문제가 됐다가 역시 모르는 사이에 해결됐어요. 해결 후에 혹시 몰라서 제 직속 상사가 저한테 연락을 한 덕분에 결국 제가 그 사실을 알게 된 거죠."

"알게 된 게 전부 해결된 후라서 다행이네요. 당신 성격으로는 속으로 끙끙 앓았을 것 같은데 말이죠."

"어차피 전 소심한 사람이에요."

그녀는 미간을 찡그리고 난처한 듯이 표정을 일그러뜨리며 뾰로통하게 그리 말했다.

하지만 그 불만스런 표정도 금방 사라지고 그녀는 다시 고개를 숙였다.

"그래서 말이죠. 스푸트니크 님뿐만 아니라, 제가 담당하는 모든 보석상분들에게 전해드리고 있는데——신청서를 내면 담당자를 변경하실 수 있습니다."

"변경? 담당자를요?"

"네. 제 결백은 증명되었지만, 완전히 무죄라고는 하나 한 번이라도 혐의를 받으면 그로 인해 신용이 흔들리기도 하니까요. 게다가 원인이라고 하면 제 경솔한 행동이 자초한 것도 있으니까요."

하지만 스푸트니크는 자못 우스꽝스럽다는 듯이 소리 내 웃어 넘겼다.

사실은 정말이지 우스운 일이었다. 스푸트니크 보석점은 설령 어떤 일이 있어도 그녀 이외의 사람에게는 의지하지 않는데 말이다.

"무슨 말씀인가요, 당신은 부탁을 받아서 서류를 옮겼을 뿐이잖아요. 그래서 신용을 잃는다니, 그런 바보 같은 일이 또 있겠어요? 전 제가 사람을 보는 눈을 믿습니다. 게다가 뭐죠, 감정서 위조였던가요? 당신과는 그리 짧지 않게 관계를 이어왔어요. 누가 뭐라 해도 당신은 그런 짓을 할 만한 사람이 아니고, 잘못하더라도 그런 짓을 저지를 수 있는 사람이 아니에요."

"감사합니다."

그 말은 상당히 안도한 듯이 들렸다. 그래서 스푸트니크는 빙긋이 웃어 보였다. 자신은 어느 누구보다 상냥한 그녀의 아군이라는 양.

──누그러든 분위기가 응접실을 채운 바로 그때였다.

그 공간에 노크 소리가 두 번 울려 퍼졌다.

"들어오세요."

"실례, 하겠습니다."

맞이하는 유키의 대답. 이어서 인사와 함께 문이 열렸고 쟁반을 든 여성이 들어왔다. 접수처 앞에서 유키가 말을 건 여성이었다. 립스틱을 바르는 등 화장을 했는데도 어째서인지 얼굴이 창백해 보였다.

유키는 자리에 앉은 채로 눈을 치켜떠 여성을 보더니 고개를 살짝 숙여 감사의 뜻을 전했다. 하지만 여성은 그녀의 행동을 알아차리지 못했는지 유키의 눈을 한 번도 쳐다보지 않았다. 아무 말 없이 스푸트니크 쪽으로 다가온 그 모습이 어쩐지 조금 불쾌하게 느껴졌다.

들어온 여성이 잔을 스푸트니크 앞에 놓았다.

"아, 그래요. 그리고."

그와 동시에 스푸트니크가 잔에 의식을 옮긴 한순간, 유키는 그 접속사를 말했다.

조금 전과 그다지 달라지지 않은 온화한 음성, 그러나 그 단 한마디 속에서.

스푸트니크는 전혀 다른 무언가를 살짝 엿본 것 같았다.

예를 들자면 타르와 같이 점성이 강한 검은 무언가를 등에 쭉 흘려보낸 듯한 불쾌감이었다.

건너편 소파를 다시 보았다. 그러나 역시 앉아 있는 사람은 확실히 조금 전과 다름없이 다소곳한 여직원이었다. 아무엇도 달라지지 않았다.

——그럼에도 자신의 등이 자연스레 꼿꼿해졌다.

"범인, 이라고 하면 듣기에는 거북하지만. 고발한 분 말인데요."

"알고 계시나요?"

"아뇨. 이름을 직접 들은 적은 없어요. 다만, 앞으로 이곳에서 일하는 데 있어서 다른 사람을 의심하지 않도록 위에서 배려해주셔서 앞으로의 일에 관해 특별히 이야기를 조금 들었어요. ——아무래도 그분은 상회 내에서 여러 가지 일을 저지르셨는지 그에 상응하는 처분을 내린다고 하더라고요."

"여러 가지?"

"그건 말하기가 좀 그러네요."

한쪽 눈을 감고 입술에 검지를 살짝 곁들였다.

"저희 식구가 저지른 일이니까 감안해주세요."

말할 생각이 없다면 캐물어서는 안 되겠지. 고개를 한 번 끄덕여서 알겠다는 뜻을 전하고 다른 질문을 했다.

"참고로 그 사건 때문에 담당자를 바꾼 보석상이 있나요?"

"없습니다. 다들 저한테 애초에 그런 배짱이 있을 리가 없다며 웃으셨어요."

"그렇죠. 당신은 배짱이 좀 더 필요해요."

"어머나. 그 말씀은 범죄를 부추기는 건가요?"

좋지 않아요, 하고 익살을 떨 듯이 그녀가 말했다. 스푸트니크는 오른손을 천천히 흔들었다.

"아니 아니. 그렇게 숫기가 없어서 조금 살기 힘들지 않나 해서 하는 말이죠. 당신은 좀 더 자신감을 가지는 편이 좋을 것 같아요."

"그 말도 여러 사람들한테 들었어요. 노력할게요."

유키는 난처한 듯이 웃었다.

──그쯤에서 마침내 유키는 또 다른 방문자의 이변을 알아차린 모양이었다.

통상 차를 내러 온 사람이 계속 응접실에 머물러 있는 일은 있을 수 없다. 차를 다 내고서 빈 쟁반을 들고 있던 여성은 방에서 물러나는 일을 잊은 양 우두커니 서 있었다.

덧붙이자면, 그녀의 안색은 창백했고 눈의 초점도 맞지 않았다. 눈 한 번 깜박이지 않고 우뚝 서 있는 그녀를 유키는 머뭇거리며 올려다보았다.

"저기, 리구르 씨. 차 고마워요. 저기, 달리 뭔가 용건이── 어머나, 리구르 씨, 얼굴이 창백해요. 몸이라도 안 좋나요? 사람 부를까요?"

"아, 저, 저기, 아무것도, 아니에요──죄송합니다, 실례했습니다!"

비명을 지르듯 말하더니 발길을 되돌려 문을 붙잡았다. 하지만 손이 떨려서 문손잡이가 잘 쥐어지지 않는 모양이었다. 유키가 일어나서 문을 열어주자 그녀는 넘어지다시피 하며 방에서 나갔다. 유키는 등을 돌리고 그녀가 간 끝을 바라보며 "리구르 씨, 괜찮으려나……" 하고 중얼거리고 있었다.

그때 스푸트니크는 유키가 등을 돌리고 있어준 것을 감사히 여겼다. 이 여자가 대체 어떤 표정을 짓고 있는지 알 수 없었기 때문이다.

어찌 되었든 그리하여 '외부인'은 사라지고 유키가 손으로 문을 쾅 하고 닫았다. 스푸트니크에게는 소리가 재판의 개정을 알리는 나무망치가 내는 것과 흡사하게 들렸다.

스푸트니크는 소파에 앉은 채 몸을 살짝 움직였다. —— 그렇다면.

'연극'은 슬슬 끝내도 되겠지.

아무리 발버둥 친들 그녀가 주도권을 쥐고 있다고 해도 말문 정도는 먼저 열고 싶었다. 그래서 그녀가 몸을 돌리기보다 먼저 스푸트니크는 그 등을 향해 물었다.

점주로서, 보석상으로서의 얼굴을 버리고 단순히 스푸트니크라는 한 사람으로서.

그녀의 '또 다른 이름'을 불렀다.

"무슨 일이야. —— 아코."

그녀의 근처에서 찰칵 하는 불온한 소리가 나자 한심하게도 어깨가 흠칫 떨렸다. 그러나 그것은 흉기가 내는 소리가 아니라 단순히 그녀가 문손잡이에서 손을 떼어낸 소리일 뿐이었다.

본인의 이름이 아닌 다른 이름으로 불린 그녀는 등을 돌린 채 그의 이름을 불렀다.

"어머, 스푸트니크 님. 옛날 이름으로 부르시다니."

그렇게 말했지만 다른 누구도 아닌 그녀가 두른 분위기가 그에게 그리 부르게 한 것이다.

아코라고 불린 그녀의 굉장히 차분한 말투. 그러나 그 심지가 박힌 말은 확실히 달라져 있었다.

"어때요? ……후훗. 듣고 싶어요?"

목소리가 조금 신이 나 있었다. 하지만 그 사소한 부분에서 아른거리는 불온한 분위기. 장난으로 목에 칼을 들이대고 있는 듯한 불쾌감을 끌어안은 채, 그래도 스푸트니크는 웃어 보였다.

이 정도 압박이라면 익숙했다.

"그야 듣고 싶지. '여러 가지 일'이 있었잖아?"

물었다. 그러자——갑자기 유키가 빙그르 돌아서 이쪽을 쳐다보았다. 감색 스커트 주름이 우아하게 흔들렸다.

그와 동시에 렌즈 안에서 가늘어진 눈이 몹시 날카로워서, 마치 눈빛으로 적을 사살할 수 있다고 믿는 듯했다. 또한 뺨을 일그러뜨리고 입가를 끌어올려서 만든 그 표정에는 순수한 자신감만이 가득했다. 스푸트니크는 그 얼굴을 알고 있었다. ——이것이야말로 그녀의 본질이었다.

유키는 굽으로 바닥을 울리며 성큼성큼 걸어서 원래 앉았던 소파로 돌아왔다.

"이러쿵저러쿵할 것도 없어. 말 그대로야."

대답하는 목소리가 전혀 친절하지 않았다.

51

조금 전과 마찬가지로 소파에 걸터앉아 있었지만, 아까는 등을 움츠린 채 구부정하게 있더니 지금은 소파 등받이에 갖다 대고 있었다.

반대로 스푸트니크는 몸을 쑥 내민 채 목소리를 죽이고 물었다.

"──들컸어?"

"실례잖아. 내가 실수라도 했다고 말하고 싶은 거야? 아니거든?"

입술을 당겨 소리 없이 웃었다. 몇 초 전까지 그곳에 있던 '숫기 없는 상회 사무직원'이라면 결코 짓지 않을 표정이었다.

그런 그녀는 정말이지 어이가 없다는 듯이 고개를 가로젓더니 이렇게 말했다.

"날 함정에 빠뜨리고 싶어 하는 멍청이가 있었어."

"함정에 빠뜨려? 널? 누가?"

"남자는 들이대면 미움 받아."

이거라도 먹고 진정해, 라고 과장스런 모습으로 너그럽게 말하더니 유키는 상의 주머니에서 둥글게 만 알록달록한 셀로판을 서너 개 꺼냈다. 하나를 손에 쥔 채 나머지를 테이블 중앙 부근에 뿌렸다.

손에 남은 셀로판을 개봉하자 안에서 초콜릿이 보였다.

"대강의 흐름은 아까 말한 대로야. ──다만, 한 가지 말하지 않은 건 '날 실각시키고 싶어 하는 녀석이 있었다'는 거지."

이 여자에게 싸움을 걸다니 정말이지 목숨 아까운 줄 모르는 녀석이 있었던 모양이지만, 그런 말을 섣불리 할 만큼 스푸트니크는 어리석지 않았다. 맞장구의 의미를 담아서 "그것 참" 하고 고개를 살짝 끄덕이자 그녀는 밉살스럽게 웃었다.

"그래서 노리고 한 거야. 보통 회의 자료는 파일째로 가지고 나오지 않거든. 그래서 그렇게 하면 분명 날 눈엣가시처럼 생각하는 누군가가 고발할 거라고 생각했지."

"밝혀냈단 거군."

그런 거지, 하고 고개를 끄덕이더니 그녀는 차를 한 모금 홀짝였다.

"범인은?"

"그 차를 가져온 여자."

"아아. 왠지 이상한 여자였었지."

그가 컵받침에서 잔을 들어 올리며 말했다. 그러자 그녀는 만족하듯 웃었다.

그 여성에게 향했을 터인 유키의 그 표독스러운 표정. 그러나 어째서인지 스푸트니크까지도 거기에 공포심을 느꼈다. 독이라도 타지 않았을까 해서 입을 대지 않고 잔을 되돌리자 그녀가 놀리듯이 "마셔도 돼" 하고 말했다.

"저 여자, 너한테 엄청 관심 있는 것 같던데?"

"나한테?"

"내가 없어지면 네 담당 자리를 빼앗을 수 있잖아. 아하하, 저 여자 날 완전 소심한 인간이라고 생각하고 있어서,

그 외에도 여러모로 조금씩 당했었지——뭐어, 저런 상태론 내가 어떻게 되기보다 저쪽이 그만두는 게 먼저일 거야. 너무 따끔한 맛을 보여줬는지 내 얼굴을 보기만 해도 흠칫 흠칫 놀라더라고."

하지만 아마도 두려워하는 것은 상층부에서 내려올 벌 때문만은 아닌 모양이었다. 유키는 그때 다른 원한도 어떠한 형태로 '갚아'줬겠지. 이 여자는 그런 여자다.

"인기남은 고달파."

"인기남의 누나인 나는 더 고달파, 기억해둬."

웃으며 말하자 그런 대답이 돌아왔다.

누나. ——그렇다고는 하나 스푸트니크와 혈연으로 이어진 것은 아니었다.

어린 시절에 아는 사이로, 당시에 자주 놀아주었을 뿐인 인연이다. 어느 날 그녀의 부모님이 사고로 타계해서 먼 친척에게 맡겨지는 바람에 둘은 인연이 끊어졌고, 그 후 어떻게 지내는지 알 수 없었지만 그가 보석상으로서 일을 시작했을 때 우연찮게도 상회에서 재회했다. 클루와 만나기 조금 전의 일이다. 그 이후 여러모로 도움을 받고 있었다.

머리 회전이 빨랐고, 하는 일은 스푸트니크 이상으로 피도 눈물도 없었다. 옛날부터 그런 여자였지만, 무슨 이유 때문인지 몰라도 상회에서는 얌전하고 숫기가 없는 양 연기하고 있는 모양이었다. 아마도 그 편이 여러모로 '일하기 쉽기' 때문일 테지만, 그가 아는 이름과 불리는 게 다르다는 사실도 어우러져서 처음에는 많이 닮은 다른 사람이라고 생각했다——'유키'라는 이름은 양녀로 들어갔던 곳에서 양부모가 새로 지어주었다고 한다.

유키는 잔을 들어서 차를 홀짝였다. 독이 들어가 있어도 이상하지 않을 그것을 전혀 주저하지 않고.

"뭐, 우선 먼저 말이야, 일 이야기부터 하자."

입술을 적신 것에 만족해서인지 그녀는 씨익 웃었다.

그리고 그녀는 근처에 있던 파일에서 서류 몇 장을 꺼냈다.

"이거, 맡고 있던 의뢰서랑 공방에서 온 모형. 그리고 베이비링이야."

상회의 기능 중 하나로 보석상 또는 디자이너와 공방과의 중개 기능이 있다. 만들고 싶은 장식품이 있지만 설비면에서 어려울 때, 상세한 설계도와 설명서를 첨부해 보석상회에 보내면 상회에 소속된 공방에 제작 의뢰서가 들어가서 제작을 맡아주는 구조였다. 물론 공방에는 제작료, 상회에는 중개료를 내야 하지만, 솜씨가 없는 공방과 일을 하게 될지도 모르는 위험 부담이나 공방을 사칭하는 사기를 당할 확률은 확연히 줄었다.

스푸트니크 보석점의 경우, 보석가공실이 있어서 설비에는 나무랄 데 없지만, 아무튼 일손이 부족했다. 가공사로서 기술도 지식도 없는 클루에게 검품을 시킬 수 없는 데다, 그가 제작에만 집중하면 가게를 운영하는 데 필요한 다른 모든 업무를 그녀에게 맡겨야 한다. 그러기엔 역시 버거웠기 때문에 어느 정도의 주문부터는 외주로 돌리기로 했다.

그녀는 예전에 스푸트니크가 그녀에게 맡긴 의뢰서와 그 의뢰서를 기초로 해서 만들어진 반지 모형 및 완성형을 내밀었다.

"고마워. 가져가서 다시 연락할게."

"그래. 아, 그리고 이쪽 디자인 말인데."

이어서 그녀는 얼마 전에 그가 주문한 목걸이 펜던트 도안의 사본을 테이블에 펼쳤다. 고객으로부터 받은 오더메이드가 아니라 개인적인 취미로 제작했을 뿐이었지만 상당히 완성도가 높았다. 나름대로 가격을 붙여서 가게에 진열해두었는데 바로 사는 사람이 나타날 정도였다.

"그게 왜?"

"공방 측이 상당히 마음에 들었는지 대량으로 생산하고 싶대. 승낙했을 때 받을 디자인비랑 상회로 지불되는 수수료는——."

제시된 견적서를 보았다. 결코 나쁘지 않은 숫자였다.

의뢰한 물품 디자인이 훌륭할 경우, 상회 관계자나 공방에서 그것과 같은 디자인의 장식품을 자신들도 판매하고 싶다는 제안이 들어오는 경우도 적지 않았다. 그중에는 그런 의사를 완고하게 거부하는 직인도 있지만, 스푸트니크는 고객에게 있어서 특별한 마음이 담겨 있는 것——약혼반지, 결혼반지 등——이나 특별 주문으로 의뢰받은 것을 제외하고는 대부분 허가했다. 그리고 이번에도 다르지 않았다.

"상관없어, 마음대로 해. 절차는 맡길게."

"맡겨줘. 그리고 이쪽 공방 말인데, 네 디자인을 정말 마음에 들어 해서 말이야. 네가 가져오는 의뢰는 최근에 거의 이곳에서 인수하는데, 요전번에 서류를 건네러 갔을 때 '가능하면 정식으로 디자이너로 고용하고 싶다'고 말했거든. 생각해보라고 전해달라던데——어때?"

"디자이너, 라……."

그는 팔짱을 끼고 소파에 등을 기대며 천장을 올려다보았다.

고민하는 자세를 취해 보였지만, 대답은 처음부터 정해져 있었다.

"디자인을 생각하는 건 좋아하지만, 종이랑 씨름하는 건 싫단 말이지. 지금처럼 취미 정도가 제일 즐거워서 좋아. 보석상이 나한테는 맞아."

"알겠어. 뭐어, 그렇게 말할 거라 생각했어."

자료에 재빨리 무언가를 기입했다. 심하게 흐트러진 글자는 그녀의 진짜 필적이었다. 사람 앞에서 쓸 때는 좀 더 귀엽고 소녀다운 글씨체가 된다.

대체 얼마나 내숭을 떠는 걸까. 본성을 숨기지 않고 잔혹하게——아니 털털하게 웃던 예전의 그녀를 알기에 이 삶의 방식이 갑갑하고 힘들지는 않을까 생각했지만, 예전에 물어봤더니 깔깔대고 웃으며 "그쪽도 마찬가지잖아"라고 말했다. "내숭을 떨어야 하는 상대가 고객이냐 동료냐 하는 차이잖아"라고.

그녀는 펜을 놀리는 손을 늦추지 않은 채 이런 말을 불쑥 했다.

"그래서? 요전번의 '보석'은 도움이 되셨나요, 스푸트니크 님?"

님. 본성을 드러낸 시점에서 그 경칭은 놀림밖에 되지 않았다. 스푸트니크는 연기를 멀리하듯이 얼굴 앞에서 손을 천천히 저었다.

유키가 어떤 보석을 가리키며 말하는지 떠올리는 건 어렵지 않았다.

"그만둬, 유키. ——감사히 잘 썼어. 효과가 좋더군."

"저녁 무렵에 숨을 헐떡이면서 뛰어 들어온 우체부에게도 놀랐지만, 내용에도 놀랐어. 편지를 펼쳐봤더니 '마법사에 대항할 수 있는 방법을 가르쳐달'라'니. 대체 무슨 일이었던 거야?"

팔짱을 끼고 그 시선을 정면으로 받으며 스푸트니크는 중얼거렸다.

"무슨 일이라니, 어차피 너라면 전부 조사해봤을 거면서."

"으음, 마법소녀가 관련된 일인 건 알고 있는데. 정보가 어디까지 정확하게 들어왔는지는 모르니까 뭐라고 말할 수가 없네. 답을 맞춰보고 싶은걸."

그녀는 눈을 치뜨며 고개를 갸웃거렸다. 그러나 그 동작도 능청스러웠다. 유키의 간사한 목소리를 들으며 스푸트니크는 생각했다.

그렇다면, 어디서부터 이야기해야 할까. 그리고 어디까지 이야기해야 하나. ——마법소녀의 정체까지 이야기하면 그 마법소녀는 '약속 위반'이라며 화를 내려나?

"그랬던 거군."

스푸트니크의 설명을 다 듣고 유키는 그래, 그래 하고 두 번 정도 고개를 끄덕여 보였다.

이야기 내용은 스푸트니크 보석점이 마법소녀를 자칭하는 마법사에게 절도 예고를 받았던 것, 그로 인해 마녀협회의 심부름꾼이 찾아왔다는 것, 마법소녀에게 습격을 받았지만 어떻게든 격퇴했다는 것 등이었다. ——소아란과 지금도 몰래 연락을 주고받고 있는 것이나 마법소녀의 정체에 관해서는 말하지 않았다. 나중에 추궁당하면 '말하는 걸 잊었다'고 사죄하면 되겠지 하고 자신을 납득시켜서 말이다.

이야기는 끝났다며 팔짱을 끼고 가만히 있는 스푸트니크에게 유키는 고개를 갸우뚱 기울였다.

"그래서 그 마법소녀랑 협회의 마법사는 어떻게 됐어? 제대로 따끔한 맛을 보여줬어?"

자신의 목 앞에서 엄지를 가로지르는 그녀.

"……놓쳤어."

"말도 안 돼."

"섣불리 행동해서 불씨를 만들고 싶진 않으니까."

59

정말이지 위험한 소릴 하는 여자였다. 그는 불만스러운 표정을 짓는 유키에게 짧게 답하고 차를 홀짝였다.

　놓쳤다고 해도 정확하게는 무승부를 내는 수밖에 없었지만, 그런 사실을 솔직하게 답하면 "무르다"고 질책받을 것이 훤했고, 징계 준비라도 시작할지도 모르기에 잠자코 있었다.

　쳇, 하고 혀를 차는 소리는 못 들은 척했다. 대신에 다른 말을 했다.

　"넌 정말 마법사를 싫어하는구나."

　"뭐어, 그렇지."

　그러자 유키는 어깨를 으쓱했다. 마법사를 싫어하는 이 여자의 신념은 확고했다. 마법사라기보다 마법사 집단, 마녀협회를 싫어하는 건가.

　마법사라면 스푸트니크도 그다지 좋아하지 않지만, 이 혐오감과는 비할 바가 되지 못했다. 그녀는 마녀협회에 이상한 스파이 같은 것도 심어둔 모양이었다. 아마도 그 덕분에 대 마법소녀용 도구 등을 바로 준비할 수 있었겠지만. 그녀에게는 마법사 부하――아니, 협력자도 있는 모양이니 마법 및 그 힘을 다루는 자가 싫다기보다는 그 기묘한 집단 자체가 싫은 거겠지.

　그러고 보니 그 변태 마법사가 자신을 정탐하는 것을 관두게 하도록 부탁했다. 십중팔구 이 여자가 원인일 텐데, 그렇다면 어떻게 말해야 할까. 섣불리 부탁했다가 이쪽으로

묘한 의혹이 향하는 것은 피하고 싶었다. 궁리하고 있는데 갑자기 유키가 말했다.

"그 여자아인…… 어때?"

속삭이는 듯한 말투였다.

응접실에는 자신들 이외에 아무도 없었고 다른 누군가가 듣고 있는 것도 아닌데, 자세를 조금 앞으로 기울이고 얼굴을 이쪽으로 가까이하고 있었다.

그 여자아이. 누구를 말하는지는 잘 알고 있었다.

"여전해. 좋은 걸 만들지."

"그렇구나."

웃으며 대답했다. 유키의 대답은 마치 한숨 같았다.

유키는 그 여자아이──클루의 체질을 알고 있다. 다른 누구도 아닌 스푸트니크가 이야기했다.

예전에 행상인일 때, 의지할 수 있는 사람도 신용할 수 있는 사람도 달리 없었던 스푸트니크는 유키의 도움을 빌리는 것 외에 딱히 방법이 없었다. 묘한 체질을 가진 아이를 보호하고 있는데 어떻게 해야 할지 모르겠다, 애초에 자신은 아이를 기르는 법을 모른다──클루를 고용했던 날, 휘갈겨 쓴 편지를 보냈더니 유키가 그날 밤새도록 말을 몰아서 온 기억이 떠올랐다.

그러나 이 여자가 이런 표정을 짓자 스푸트니크로서는 아무래도 마음이 복잡해졌다. 마치 가엽다는 듯이 조금 누그러든 눈가와 뺨. 그 아이의 이야기를 할 때, 이 여자는 자주 그런 표정을 지었다. 그 아이가 너무 사랑스럽다는 것인지, 자신처럼 부모가 없는 아이라는 사실에 남의 일이라고 생각할 수 없다는 것인지, 어느 쪽인지는 알 수 없지만.

"클루, 잘 지내고 있어?"

건강 그 자체, 라고 답하려다가.

조금 전의 참상이 다시 생각났기 때문에 말을 바꾸었다. 해쓱한 뺨에 눈물이 번진 눈으로 괴로운 듯이 힘들어하던 모습은 아무리 호의적으로 보려 해도 '건강 그 자체'는 아니었다.

자연스레 떠오른 쓴웃음을 숨기지 않은 채 스푸트니크는 답했다.

"아주 건강하지는 않아. 해롱해롱대면서 침대에 엎드려 있어."

"해롱해롱? 술 마신 거야?"

"아냐. 오랜만에 마차를 타서 멀미를 했거든."

"마차?"

의문부호를 붙인 말이 반복되었다. 그렇다고 해도 배경을 모르면 당연한 건가. 무슨 뜻인지 모르겠다며 섣불리 분노를 사기 전에 답을 가르쳐주기로 했다.

"데려왔어. 그래서 도착하는 데 늦었지만."

그녀는 눈을 크게 떴고, 그 후 눈을 한 번 끔벅였다.

안경 너머로 무척이나 천진난만한 얼굴을 했지만 오래 가지는 않았다. 스푸트니크의 말에 담긴 의미를 이해하고는 이윽고 희색이 우선 뺨으로, 눈으로, 그리고 얼굴 전체로 퍼져나갔다.

유키는 손을 맞부딪치며 꼭 쥐더니 새된 목소리를 냈다.

"어머, 어머 어머, 어머 어머 어머!"

기뻐서 참을 수 없다는 듯한 모습. 그랬어? 어머, 그랬어? 하고 '옆집 아줌마'같은 말을 몇 번인가 반복하더니 유키는 자신의 얼굴을 가리키며 스푸트니크를 향해 물었다.

"클루가 날 기억할까?"

"아마도 기억 못하겠지. 내가 이야기한 적도 없으니까."

──그러자.

직전까지 보이던 기세는 어디로 갔는지 어깨를 축 늘어뜨렸다.

"흐응. 기억 못하는 거야?"

클루는 그때 아직 건강 상태에도 문제가 있었기 때문에 유키가 기억에 남아 있을지는 알 수 없었다. 당시 진찰을 받았던 의사 가운데 한 사람이라고 잘못 기억이라도 하고 있으면 그나마 다행이었다.

그러나 유키는 납득하지 않았다. 뾰로통해져서 한탄하듯이 말하며 파일에서 큰 서류 봉투를 꺼냈다.

"너무해. 이렇게 많이 협력하고 있는데. ……이것도 말이야."

테이블 위에서 미끄러뜨리듯 그 봉투를 내밀었다. 이어서 검은 직사각형 상자를 하나 내밀었다. 스푸트니크는 그것들을 가까이 끌어당기더니 봉투를 집어 올려서 봉해지지 않은 입구를 열었다.

안을 들여다보았다. 생각했던 대로 서류 몇 장이 들어 있었다.

──'감정·감별서'. 서류 제일 위에 기재되어 있었다.

감별서는 '해당 보석이 진품인 것을 보증하는' 서류다. 클루롤 보석상회의 업무 중 하나로, 쓰여 있는 내용은 보석 종류 등에 따라서 다르지만 해당 보석이 천연인지 인공인지, 진짜처럼 만들어진 모조품이 아닌지, 또는 지금에 이르기까지 어떤 가공이 이루어졌는지 등의 사항이 기재되어 있었다. 해당 보석이 진짜라는 보증이 상회에 의해 이루어지면, 그것은 곧 보석의 보증으로 이어진다.

보석 감별서를 발행하려면 해당 스톤이 어떤 가공을 거쳐서 현재 형태에 이르렀는지를 상회의 감별사가 확인하고 증명할 필요가 있었다. ──그러나.

스푸트니크의 경우, 자신이 판매하는 보석 중 몇 가지가 '결코 모조품은 아니지만 진품이라고는 단정할 수 없다'는 문제가 있었다. 다름 아닌 클루가 만들어낸 보석을 말하는 것이다.

클루가 토해낸 보석은 어떤 연유에서인지 그녀의 체내에서 만들어진 것으로, 보석 산지에서 정당하게 산출되거나 정당하게 무언가를 가공해서 만들어진 '진품'이 아니었다. 하지만 그렇다고 해서 진짜처럼 만들어진 모조품이냐고 묻는다면 그렇지도 않았고, 스톤을 구성하는 물질은 천연 스톤과 완전히 같았다.

하지만 그럼에도 스푸트니크는 안심할 수 없었다. 역시 보석상회에 소속된 감별사라고 해야 할까, 그들의 눈은 한없이 정확하다. 감별을 시행하는 데 있어서 스톤에 일부 이상한 점이라도 있으면 미심쩍게 여길 테고, 자칫 '이 스톤을 어떻게 가공했는지, 어디서 이 스톤을 입수했는지'를 물으면 클루의 신병에——썩 달갑지 않은 일이 벌어질지도 몰랐다.

감별서가 없으면 절대로 팔 수 없거나 팔아서 안 되는 건 아니다. 그러나 감별서가 없는 보석이나 장식품은 확실히 판매 가격이 떨어진다. 이익을 내기 힘들어서 내키지 않는 것도 있지만, 그 이상으로 스푸트니크는 질이 좋은 스톤을 헐값에 팔아야 한다는 사실이 보석을 매매하는 사람으로서 용납할 수 없었다.

따라서 그런 이유로.

감별서가 필요하지만 클루의 비밀에 관해서 모험을 하고 싶지 않았던 스푸트니크가 취한 방법이 유키가 만든 이 가짜 감정서였다.

"그쪽이 네가 부탁한 녀석이야. 첫 번째 장은 루비고, 다음 장은 사파이어랑 오팔이야."

"그래."

"그리고 이쪽이 '만든' 거. 이쪽이 시트린, 이쪽이 그러니까 블루 토르말린."

유키는 말하더니 조금 전과 비슷한 작은 상자와, 역시 비슷한 봉투를 탁자 위로 미끄러뜨려 넘겨주었다.

부탁받은 녀석과 만든 녀석. 그렇게 불린 봉투의 내용물 첫 번째 장만 꺼내서 나란히 놓았다. 모두 다 같은 문면으로 이루어져 있었고, 처음에 발행일, 보석의 종류와 내포물, 가해진 처리 내용 등 해당 보석의 데이터가 기록되어 있었다. 마지막에는 '내용에 허위 사실이 없다는 것을 증명합니다'라는 문장과 클루롤 보석상회의 인장과 상회장인 클루롤 씨의 서명이 있었다.

건네받은 상자의 뚜껑을 열어보자 시트린과 블루 토르말린이 나란히 놓여 있었다. 그것들은 예전에 클루가 만들어 냈다. 그리고 그에 수반되는 감별서 역시 '진짜'가 아니었다. 유키가 위조한 것이었다.

──클루를 처음 만나게 했던 날, 그녀가 만들어낸 보석을 보고 유키는 "멋지네" 하고 중얼거렸다. 그 시점에서 무언가를 파악했을지도 모른다.

후에 그녀에게 감별서 위조 이야기를 꺼냈을 때, 유키는 스푸트니크에게 확인조차 한 번 하지 않고 단지 상회 직원으로서 웃는 얼굴로 "알겠습니다"라고 말하고는 며칠 내로 진짜와 조금도 다르지 않은 위조 서류를 만들어 보였다. 그 이래로 클루가 만든 보석 중 특히 질이 좋은 것은 유키가 가짜 감별서를 작성해주고 있다. 그래서 본성을 숨긴 그녀가

'위조 의혹' 이야기를 꺼냈을 때 그만 표정이 굳어진 것은 당연한 일이라고 할 수 있었다.

루비 감별서와 시트린 '감별서로서 받은 서류'를 포개고 몇 번인가 넘겨서 도장을 비교했다. 두 장의 인영(印影)은 전혀 다르지 않은 것처럼 보였다.

"정말 궁금한데 말이야."

"응?"

"이거 어떻게 만드는 거야?"

일개 상회 직원이 중요한 인장을 쉽게 훔쳐서 사용할 수 있을 만큼 상회의 관리 체제는 허술하지 않다. 상회 인장쯤 되면 그야말로 최고봉이라고 할 수 있다.

그런데도 그녀는 매번 선뜻 맡아서는 정말이지 간단히 위조해 보였다.

위조 감별서를 치켜들고서 물었다. 그러자 그녀는 검지 두 개로 엑스 표시를 만들어서 자신의 입술에 갖다 대고 고개를 기울었다.

그리고 화사하게 미소 지으며,

"여자아이에게는 비밀이 많아요."

라고 말해서 그만,

"이제 여자'아이'라고 할 나이는 아니잖아."

"그 입 꿰매줄까? 망할 꼬마야?"

그녀가 미소 지은 채 만년필 끝을 미간에 들이대자 "농담이야"라고 말하는 수밖에 없었다.

예전이나 지금이나 이 여자에게는 당해낼 재간이 없었다.

스푸트니크가 양손을 들어 항복의 뜻을 나타내자 그녀는 만족한 듯했다. 만년필이 멀어지자 스푸트니크는 흐트러져 떨어진 앞머리 한 가닥을 매만져서 되돌리고는 근처에 있는 서류와 모형, 보석 상자를 자신의 가방에 허둥지둥 넣었다.

그러면서 한 가지 생각이 문득 떠올랐다. 거절당하면 당하는 대로 괜찮다, 는 정도의 마음으로 제안했다.

"그래서 말인데. 오늘 밤 비어 있어?"

"오늘 밤? 무슨 일 있어?"

물음에 유키는 비어 있다고도 비어 있지 않다고도 말하지 않았다. 내용에 따라서 대답이 달라진다는 걸까. 대답을 재촉하는 질문도 아니었기에 이유를 먼저 말했다.

"특별한 일은 아닌데 말이야. 방을 하나밖에 못 잡았거든."

그래서 어쩌라는 거냐고 말해야 할 만큼 유키의 관찰력은 나쁘지 않았다.

그녀는 눈살을 찌푸리더니 얼굴을 가까이하고 작은 목소리로 걱정스럽게 말했다.

"법률에 안 걸려?"

"이상한 소리 하지 마."

턱에 손을 갖다 대고 클루가 몇 살이었던가, 합의한다면 괜찮으려나, 하고 어이없는 소리를 했다. 그 말이 농담인지 진담인지를 알 수 없으니 성질이 고약한 거겠지만, 어찌 되었든 부정해둘 필요는 있을 듯했다.

"아무 짓도 할 생각 없어. 그래서 밤에 시간이 비어 있는지 묻는 거야. 술집에서 밤새도록 마실 거야."

"그러네…… 뭐 내일은 나, 휴일이야. 좋아, 쌓인 이야기도 있고."

"말해두겠지만, 쿠는 안 데려올 거야."

"상관없어. 여자아이가 밤중에 외출하는 건 말도 안 되지."

나중에 불만을 부리면 곤란하기 때문에 못을 박아두자 그녀는 고개를 선뜻 끄덕였다. "밤놀이는 불량청소년의 시작인걸, 클루를 그렇게 되게 둘 리가 없잖아" 하고 눈을 질끈 감고 양손을 크게 흔들며 '단연코 반대'의 뜻을 비쳤다. 아무래도 이 여자는 그 아이를 과잉보호하는 것 같지──만, 주위에서 보면 자신도 마찬가지로 보일지도 모른다.

"맞다, 오늘 매점에 주스 판매원이 진저에일을 팔러 왔는데 괜찮다면 클루한테 사다 줄래? 매운 맛을 줄이고 달콤한 맛을 더했으니 분명 마음에 들어 할 거야."

선물, 인가. 유키의 제안에 스푸트니크는 고개를 살짝 몇 번 끄덕여 보였다.

클루가 멋대로 멀미를 했다고는 하나, 일부러 이렇게 멀리까지 데리고 왔는데도 숙소에 혼자 내버려뒀으니 분명 굉장히 토라져 있을 것이다.

지금쯤 방에서 헝겊인형을 상대로 불만을 터뜨리고 있을 그녀에게 맛있는 음료 선물은 기분을 풀어줄 좋은 소재가 될 듯했다. 다만.

"매점에 빨대가 있으려나? 그 녀석 탄산을 잘 못 마셔서."

"있을 테지만, 클루가 탄산을 싫어해? 그럼 딱히 억지로 먹일 필요 없어."

"아니, 탄산 자체는 싫어하진 않는데. 탄산은 수면이 톡톡 튀잖아. 코에 들어갈 것 같아서 잔으로 바로 마시기는 힘들대."

"뭐야, 너무 귀엽잖아."

잔에 입을 조심스럽게 내밀어서 갖다 대고는 튀어 오르는 탄산 거품에 얼굴을 돌리는 클루의 모습을 떠올리면서 말했다. 그러자 유키는 양손을 뺨에 대고 눈을 동그랗게 떴다.

귀여워, 뭐야, 너무 귀엽잖아, 하고 몸을 꼬며 몹시 행복한 듯이 반복해서 말하는 유키를 냉정한 시선으로 바라보며 스푸트니크는 마음속으로 이곳에 없는 종업원에게 속삭였다. ──이 여자의 마음에 들다니, 쿠, 넌 정말 행복한 녀석이야.

잠시 그렇게 종업원 이야기로 꽃을 피우다가 유키가 잡담에 만족한 것 같아서 스푸트니크는 화제를 본론으로 돌렸다. 가방을 매만지며 물었다.

"──그럼. 또 뭐가 있더라."

"걱정하지 마. 뭐 잊어버린 게 있으면 저녁에 가지고 갈게. 늘 가는 숙소?"

"응. 그러니 늘 가는 곳에서 봐."

"알겠어."

이 도시에서 유키와 술을 마실 때면 대개 같은 술집을 이용한다. 스푸트니크가 묵는 숙소 근처에 있어서이기도 하지만, 유키 자신이 그곳의 점원과 친하다는 것도 한 가지 이유였다. 그곳에서라면 허튼 소리를 해도 새어 나갈 염려는 없었다.

술과 안주의 종류도 상당히 많았고, 오랜 단골이라서인지 다소 융통성이 있는 것도 좋았다.

그렇다면 슬슬 마무리할까.

그녀는 그렇게 말하더니 소파에서 일어났다. 스푸트니크도 서류를 넣은 가방이 제대로 잠겼는지 확인하고 나서 일어났다.

유키가 테이블 옆을 돌아서 문 쪽으로 걸어가더니 문을 열려고 문손잡이를 잡았다.

──그러나.

어째서일까. 그 손이 좀처럼 움직이지 않았다. 시간이 아무리 지나도 문을 열려고 하지 않았고, 그렇다고 해서 문손잡이를 놓으려고 하지도 않았다. 의아하게 생각하고 있는데 잠자코 문을 주시하던 그녀가 고개를 퍼뜩 들었다. 재빨리 벽시계를 보더니 그를 돌아보았다, 그리고.

"스푸트니크 님."

경칭을 붙여서 그의 이름을 부른 그녀의 얼굴은 이미 '본성'을 숨기고 있었다. 위축되어 흔들리는 눈동자로 올려다보더니 정말 죄송하다는 투로 말했다.

"……죄송합니다만, 저는 이후에 스케줄이 있어서요. 송구스럽지만 이쯤에서 실례해도 괜찮을까요?"

상회 입구까지 배웅하는 것이 통례였지만, 특별히 그래야 하는 이유가 있는 것은 아니었다. 가령 무언가 이유가 있더라도 스푸트니크가 '그녀'에게 이의를 제기할 수 있을 리가 없었다.

무슨 이유가 있는지 모르지만, 바쁘다면 억지로 붙들어서는 안 되겠지. 어차피 일이 끝나고 나서 만날 약속을 잡았으니 말이다.

"그런가요? 아뇨, 저는 신경 쓰지 마세요. 스케줄이 있는데 늦게 도착해서 정말 죄송합니다."

"아니요, 잡무라서 특별히 문제는 없습니다. 부디 조심히 돌아가세요."

"감사합니다. 그럼 '나중에 다시 뵙죠'."

"네에. ──'나중에 봬요'."

그 말만큼은 보석상과 관리담당자가 아닌 동생과 누나로서 감정을 담아 나눴다.

유키는 문손잡이에서 일단 손을 떼더니 고개를 깊이 숙여서 작별 인사를 했다. 거기에 응해 스푸트니크도 인사를 했다.

그 모습에 유키는 기쁜 듯이 미소 짓더니 이번에는 문을 제대로 열었다. 당긴 문에 숨다시피 하며 복도를 손으로 가리켰다. 나가라는 뜻이겠지. 스푸트니크는 가볍게 인사한 후 사양하지 않고 복도로 나가는 문을 빠져나갔다. 그때——

"여전히 일 처리가 허술하네."

유키가 몹시 작은 목소리로 이렇게 말했다.

'본성을 숨기지' 않은 그녀의 목소리였다. 그를 몹시 무시하는 말투였다.

"어?"

불쾌하다기보다 의문의 뜻을 담아서 말했다. 무슨 뜻일까. 자신이 뭔가 실수를 한 걸까?

생각했지만 답을 찾을 수 없어서 진의를 물으려고 돌아보았다——하지만 그 눈앞에서 문은 조용히 닫혔다. 이어서 딸깍 하는 작은 금속음이 났고 문손잡이가 살짝 돌아갔다. 응접실 안에서 유키가 문손잡이에서 손을 뗀 듯했다.

더더욱 이상했다. 응접실 출입구는 하나밖에 없었고, 애초에 나중에 스케줄이 있다고 한 것은 그녀 자신이지 않은가. 방을 꽁꽁 닫아둔 채 놀고 있을 리도 없는데——

의아하게 생각한 스푸트니크가 그 답을 깨닫기까지 시간은 그다지 걸리지 않았다.

직후.

그가 서 있는 곳을 누군가의 그림자가 가렸다.

"리아피아트의 스푸트니크인가?"

그리고 뱃속을 떨리게 하는 목소리가 그의 이름을 불렀고.

그 순간, 그는 긴장감이 느껴져 숨이 막혔다.

동시에 모든 것을 이해하고 생각했다.

——그런 거였군, 망할 여자 같으니라고!

소리 내서 매도하지 않은 것은 자기 단련의 성과였다. 다만 미처 억누르지 못한 분노에 어금니를 빠득 갈았다.

스푸트니크는 매달리듯이 응접실 문손잡이를 꽉 쥐고 매우 거칠게 문을 활짝 열었다. 하지만 안에는 이미 불빛조차 사라져 있었다. 놓여 있던 잔도, 있었을 터인 상회 직원의 모습도 없었다. 어두운 방 안을 응시하자 안쪽 바닥에 빛 한 줄기가 보였다. 그러나 그것도 마치 그로부터 몸을 감추듯이 바로 사라져버렸다.

아마도 그곳에 비밀 출입구가 있겠지. 보인 빛은 분명 비밀 통로의 내부를 비추기 위한 것일 테다. 비밀 통로는 원래 있었던 것인지, 아니면 유키가 만든 것인지는 알 수 없지만 말이다.

재차 이를 갈았다. 그 사람이 있으니 지금은 그만 이야기하자고, 잠시 기다리라고 한마디 해줬으면 좋았을 텐데.

——아니.

말하지 않겠지, 하고 스푸트니크는 생각했다. 둘이 같이 도망치기보다 한 사람을 제물로 바치는 편이 자신이 온전히 도망칠 수 있는 확률이 훨씬 높아진다. 그리고 그러기 위해서 그 여자는 '남동생'을 바치기를 마다하지 않을 것이다. 그 여자는 그런 인간이다.

"무슨 일인가. 그 방에 용건이라도 있는 겐가?"

"······아닙니다."

사실을 알고 있음에도 원망스러워서 그 방을 노려보는 스푸트니크의 등을 향해 마치 도망칠 길을 없애듯이 나지막한 목소리가 말을 걸었다. 아무래도 그 여자와 있으면 예전의 자신으로 돌아간 듯한 버거움이 느껴져서 모든 일을 제대로 해낼 수가 없다.

스푸트니크는 포기하고 그 남자에게 돌아섰다.

검은 머리카락에 흰머리가 섞여 있는 그 남자. 입을 뒤덮듯이 기른 수염에도 마찬가지로 흰 수염이 섞여 있었다. 세로로도 가로로도 큰 몸집과 눈빛은 단지 그곳에 존재하는 것만으로도 맞서는 자의 전의를 상실하게 했다. 그는 예전에, 스푸트니크도 모를 만큼 옛날에 능력 있는 보석상이었다고 한다.

모든 것은 그 여자 탓이다. 머릿속에 감쪽같이 속였다고 혀를 내밀고 웃는 그 능구렁이의 얼굴을 떠올리며 스푸트니크는 그 모습의 주인에게 공손히 인사했다.

"······오랜만에 뵙습니다. 클루롤 상회장님."

그가 현역 보석상일 무렵의 일을 스푸트니크는 모른다. 스푸트니크가 보석상을 직업으로 삼아 이 보석상회를 알게 되었을 때 그는 이미 이곳의 톱으로 군림하고 있었기 때문이다.

고객에게 신뢰가 두터운 보석상이었다는 것, 공방에서 일했던 시절이 있다는 것, 그가 손수 만든 액세서리는 가격을 아무리 붙여도 날개가 돋친 듯이 팔렸다는 것, 그리고 무엇보다 보석상 호조조직인 이 모임을 만들어 한 세대 만에 이렇게까지 성장시켰다는 것——그러한 그의 모습은 스푸트니크가 직접 본 것이 아니라, 당시의 일을 알고 있는 사람에게 전부 다 들은 것이었다.

다만 그의 현역 시절 무용담을 처음 들었을 때 스푸트니크는 그 이야기가 조직 노화 현상을 과장해서 말하는 것이라고는 생각하지 못했다. 그만큼 그의 존재는 현재의 상회 내에 있어서 거대하여 스푸트니크로서는 가능하다면 상대하고 싶지 않았다.

그러나 지금 눈앞에서 그런 그가 스푸트니크를 내려다보고 있었다.

본심까지 꿰뚫어 보는 듯한 삼백안이 스푸트니크를 향해서 말했다.

"건강해 보여서 다행이군."

"덕분입니다."

전형적인 답을 하면서 스푸트니크는 클루를 방에 두고 와서 다행이라고 진심으로 생각했다.

목소리는 떨리지 않았지만, 자신의 뺨이 경직되어 있는 것을 거울이 없어도 잘 알 수 있었기 때문이다. 그런 그를 보고서는 재밌어하며 웃든지, 아니면 "스푸트니크를 괴롭히지 마세요!" 하고 볼멘소리를 하든지——어느 쪽이든 정말 난감한 일이었다.

양심에 찔리는 일은 없지만, 정탐당하고 싶지 않은 속마음은 있었다. 눈을 마주치지 않도록 애쓰며 스푸트니크는 그의 말을 들었다.

"경기는 어떤가."

"글쎄요, 뭐어, 나쁘지는 않습니다. 리아피아트 시 같은 변두리지만, 경쟁 상대가 없기도 하고 예전부터 알고 지내던 단골이 찾아주기도 해서, 덕분에 그럭저럭 꾸려나가고 있습니다."

"자넨 예전부터 고정 고객을 많이 확보하고 있었지. 잘도 끌어 모았군."

"감사합니다."

"칭찬으로 들리는가?"

그가 못을 박듯이 말하자 자신의 입술이 흠칫하고 떨렸다.

클루롤은 스푸트니크의 '장사' 방식을 잘 알고 있었다. 거점을 두고 안정된 수입을 얻고 있는 지금은 그러한 유형으로 고객을 늘리는 일이 어느 정도 줄었지만, 자산가 여성을 적당히 홀려서 물건을 사게 하는 수법은 그의 주특기였고, 당연하게도 이 사람은 스푸트니크의 그러한 뻔뻔스런 장사 방식을 좋게 생각하지 않았다.

집에 가고 싶다.

고개를 숙이고 그의 시선을 가만히 받으며 뼈저리게 생각했다. 이후의 모든 스케줄을 내팽개치고 혼자서 조용히 맛

있는 술을 마시고 싶었다. 클루와 저녁 식사를 하러 갈 약속을 한 것 같기도 하고, 그러고 나서 그 여자와 한잔할 약속도 했던 것 같지만, 상관할 바냐. 이 도시에 술집은 얼마든지 있다. 숙소에 돌아가는 것은 일단 관두고 약속을 한 곳과는 다른 술집에서 실컷 마신 후 여자라도 사서 적당한 여관을 잡아——

"내 딸과 무슨 짓을 꾸미고 있는지는 모르지만."

클루롤이 갑자기 나지막한 목소리로 말했다.

딸. 이 사람에게는 오랜 세월 함께한 아내가 있지만 자식 복은 없었다고 한다. 그래서 대신에 가까운 친척이 없었던 여자아이 한 명을 양자로 들였다고 한다.

그 딸도 현재 아버지와 마찬가지로 보석상회에서 직원으로 재직하고 있다. 성격은 숫기가 없고 조금 소극적이지만, 그런 만큼 업무 태도는 꼼꼼하고 정확해서 무척이나 뛰어났다. ——상회 내에서 그러한 평가를 받고 있는 그 '딸'이 누구인지 스푸트니크는 알고 있었다.

"꾸미다니 당치도 않습니다. 아니, 옛날부터 인연이 있기도 하고, 그렇지 않아도 유키 씨가 무척 총명한 분이셔서 아무래도 여러모로 의지하게 되지만요."

형식적인 웃음을 띠고 고개를 저으며 답했다.

그 여자에게 '유키'라는 이름을 붙인 사람은 다름 아닌 이 상회장이었다. 아니, 부부 중 누가 그 이름을 생각했는지까지는 모르지만, 그녀를 양자로 키우고 현재 그녀의 후견인

이 된 것은 틀림없이 그였다.

다만, 그 여자가 그의 양자가 된 것이 어릴 적의 유키가 무언가 대책을 강구해서 실행한 결과인지, 아니면 단순한 우연인지까지는 스푸트니크는 모른다. 물어봐도 그 여자는 그 사실을 솔직히 말해주지 않을 것이다.

한번 입을 다물면 다시 열기 위해 상당한 정신력이 필요하다. 그 사실을 알기 때문에 스푸트니크는 입이 움직이는 대로 말을 이어갔다.

"제게 있어서 유키 씨는 무척이나 듬직한 분입니다. 아, 하지만 역시 클루롤 씨로서는 소중한 외동딸이 일개 보석상과 사이좋게 지내는 것이 불쾌하실 테니——."

"내가 염려하는 건."

그러나.

그 노력도 허사인 모양이었다. 그가 내뱉은 한마디에 스푸트니크의 입은 한일자로 닫혔고, 목이 조여드는 것처럼 할 말을 잃었다.

아무 말도 할 수 없게 된 스푸트니크를 앞에 두고 그는 변함없는 모습으로 말을 이어갔다.

"자네들이 보석상이라는 직함을 더럽히는 게 아닐까 염려하는 것뿐일세."

클루롤의 시선이 움직여서 무언가 낮은 곳을 보았다. 스푸트니크는 시선을 좇다가 그 눈이 바라보는 것의 정체를 알아차렸고, 마침내 자신이 무의식중에 오른손을 뒤로 돌리고 있다는 사실을 깨달았다. 그리고 그 손은 가방 손잡이를 쥐고 있었다──유키에게 받은 서류와 다른 물건들을 넣어둔 그 가방이었다.

감추듯이 가지고 있던 것을 다급히 몸 옆으로 바로 들었다. 그 거동조차 부자연스럽다는 사실은 안타깝게도 이미 그렇게 행동한 뒤에 깨달았다.

그는 그 행동 및 가방의 내용물에 대해서 추궁하지는 않았다. 하지만.

"문제를 일으키지 말게나. 이름에 먹칠을 했을 땐 내가 바로 처벌하겠네."

클루롤의 크고 굵은, 상처 많은 손가락이. 직인을 떠올리게 하는 그것이 또 다른 이유를 가지고 스푸트니크의 눈에 닿았다.

천천히 눈을 감아 시야에서 들어온 온갖 것들을 배제한 후.

가늘고 길게 숨을 쉬면서 스푸트니크는 그에게 깊숙이 인사를 했다.

"……잘 알겠습니다."

그 말을 그가 어떻게 받아들였는지는 모른다. 설마 진심을 다한 충성이라고는 인식하지 않을 것이다.

하지만 자신의 양녀와 스푸트니크의 '문제'에 대해서 그 이상 거론하지는 않았다. 대답한 스푸트니크를 아무 말 없이 잠시 내려다보고 그는 흠, 하고 짧게 숨을 내뱉더니 다시 땅속에서 울려 퍼지는 듯한 소리를 냈다. 그러나 스푸트니크에게 그 음성은 어느 정도 무게가 줄어든 것처럼 들렸다.

"다만, 한 가지만 충고하겠네. 자네도 조심하게."

"네에?"

"최근에 보석상을 사칭한다는 사기꾼 이야기를 자주 접하고 있네."

"사기……말입니까?"

스푸트니크의 기억에는 일치하는 정보가 없었기 때문에 자연스레 애매한 말로 답했다.

리아피아트 시는 거의 스푸트니크의 독점 시장이었고, 참가하고 싶어 하는 상인도 거의 없었다. 보석점 경영이 궤도에 오른 것을 보고 자신도 가능하겠다고 생각해서 찾아온 보석상도 있기는 했지만, 모두 다 스푸트니크가 손을 쓸 필요도 없이 제멋대로 떠났다. 행상인의 신분이었을 적에는 몰라도, 지금은 장사의 경쟁자라고 부를 만한 상대는 없었다. 최근에 동업자를 함정에 빠뜨리는 짓은 하지 않았을 터였다. ──아마도.

다만 그럼에도 오해를 받는 것은 참을 수 없었다. 그래서 재차 확인하듯이 말해두었다.

"저는 아닙니다."

"알고 있네."

스푸트니크를 향한 시선에서 살기는 이미 사라져 있었다. "애초에 자넨 보석상을 '사칭하고' 있지는 않잖은가" 하고 그는 어이가 없다는 듯 말했다. 자신은 분명 틀림없이 보석상이다. 취급하는 상품의 일부가 통상적인 매입처와는 조금 다르지만 말이다.

그렇다면. 스푸트니크는 미간에 새겨진 주름이 점점 깊어지는 것을 자각했다.

"무슨 일인가요?"

"나도 아직, 자세한 설명은 듣지 못했네만――."

그가 그렇게 말한 것과 동시에.

"그래서 어떻게든 해달라고 조금 전부터 말하고 있잖아!"

복도 건너편에서 고함 소리가 났다.

이어서 쾅 하는 소란스런 소리가 한 번 들렸고, 여성의 짧은 비명이 뒤를 이었다.

클루롤이 그쪽을 보았다. 덩달아 스푸트니크의 시선 또한 이동했다.

"접수처, 에서 나는 소릴까요?"

"무슨 일이 일어난 건가."

눈썹 하나 까딱하지 않고 단지 목소리 끝에 조금 의아한 기색을 띠고 있었다.

――클루롤의 정신이 팔린 그 순간은 좋은 기회라기보다, '이 기회를 놓치면 두 번 다신 퇴로는 찾아오지 않는다'는 위기감에 가까운 마음이 들게 하는 때였다.

스푸트니크는 빠른 말투로 말했다.

"상회는 왠지 바쁜 것 같네요. 그럼 용무도 마쳤으니 저는 이쯤에서 물러나겠습니다."

허리를 굽혀서 간단히 인사를 하고 스푸트니크는 복도 안쪽으로 향했다. 뒷문으로 향한 것은 정문으로 나가면 소음의 정체와 맞닥뜨리겠지 싶어서 짜낸 방안이었지만——

그 판단에는 아무 의미도 없었다. 서둘러 옆을 지나가려는 스푸트니크를 그의 손은 놓치지 않았다.

그는 스푸트니크의 오른쪽 위팔을 단단히 잡았다. 그리고.

"자네도 따라오게."

"아, 아니, 저기. 죄송하지만 저는, 이다음에 스케줄이——."

절반은 질질 끌려가다시피 따라가면서 말했지만, 이 사람은 스푸트니크의 사정을 들어주지 않았다. "어차피 우리 딸이랑 한잔하는 거겠지" 하고 '스케줄'의 내용마저 간파해서 스푸트니크는 흔치않게 눈물 섞인 한숨을 쉬었다.

——집에 가고 싶다.

"그래서 얼른 책임자를 불러오라잖아!"

예상대로.

스푸트니크와 클루롤이 현관을 찾아가자, 접수원 아가씨에게 노성을 지르는 한 남자가 있었다.

접수원 아가씨는 "지금 담당자를 불러드리겠습니다" 하고 차분하게 매뉴얼대로 말하고 있었지만, 안색은 새파래져서 보기 안쓰러웠다.

그렇다고는 하나 조금 전에 빠른 걸음으로 안으로 들어가는 직원과 스쳤으니, 분명 머지않아 경비원이 찾아올 것이다. 자신들이 나설 필요는 없겠다고 낙관적으로 생각하면서 스푸트니크는 옆에서 마찬가지로 동향을 살피고 있는 상회 최고책임자에게 말했다.

"클루롤 씨. 고객이 찾으시는데요?"

"내가 나서봤자 불에 기름을 붓는 격일 뿐일세."

그는 진심으로 하는 말인가 하는 시선을 스푸트니크에게 보냈다. 설마요, 하고 스푸트니크는 어깨를 으쓱해 보였다.

"클루롤 씨, 오늘은 왜 지부에 계신 건가요?"

"어제와 오늘, 지부 검사라네. 특별히 문제는 보이지 않았으니 이번에는 이만 돌아갈 예정이었네."

"……그러십니까."

우연찮게도 타이밍이 나쁠 때 오고 말았다는 생각이 들었지만, 생각해보니 오늘로 지정한 것은 그 여자였다. 생각해보니 양아버지를 만나고 싶지 않았기 때문에 그의 의식을 자신에게서 돌리기──속임수를 쓰기 위해 일부러 오늘을 골라서 스푸트니크를 부른 듯했다.

그들 부녀 사이는 특별히 나쁘지는 않지만, 아마도 클루롤은 그 여자의 본질을 꿰뚫어 보고 있을 것이다. 따라서 상회에서 그런 인격으로 지내고 있는 그녀로서는 상당히 부담스러울 터였다.

그런 생각을 하고 있는데 갑자기 남자의 얼굴이 이쪽을 향했다.

"뭘 봐?!"

그리고 당연하다고 해야 할까, 그는 발견한 제삼자에게 소리를 질렀다.

도움을 구하듯이 접수원 아가씨의 시선이 이동하다가——그 시선 끝자락에서 잘 아는 사람을 발견했다. 접수원 아가씨는 매달리듯이 그 사람을 불렀다.

"상회장님!"

——멍청한 녀석!

스푸트니크는 접수원 아가씨의 실태를 마음속으로 매도했다.

그녀는 말하고 나서 깨달은 듯했다. 깜짝 놀라서 입을 막았지만 때는 이미 늦은 후였고, 남자의 시선이 노려야 할 사냥감을 발견했다는 양 클루롤에게 초점이 맞춰졌다. 황새걸음으로 이쪽을 향해 성큼성큼 걸어왔다.

거래처 상사에게 정체불명의 남자가 덤벼드는 모습을 옆에서 멍하니 서서 지켜보기만 한다면 편하기는 하겠지만, 사회 구성원으로서 바람직한 태도라고는 할 수 없었다. 스푸트니크는 한숨을 쉬며 클루롤 앞에 나섰다.

"들고 있어줄까? 가방."

"괜찮습니다."

뒤에서 건 나지막한 목소리는, 배려가 아니라 내용물이 분명 '바람직한 것이 아니다'라고 예상한 후에 거는 말이었다. 그러하기에 눈썹 하나 까딱하지 않고 그렇게 답하고 이쪽으로 걸어오는 정체불명의 남자를 똑바로 쳐다보았다.

남자 또한 가로막아 선 스푸트니크를 불쾌한 듯이 쳐다 봤다.

"너 이 자식 무슨 짓이야? 비켜."

"이…… 죄송한데. 접수원분이 곤란해하는 것 같으니 괜찮으시다면 진정하고 말씀을 하시는 게."

이봐, 누구 허가를 받고 남의 직장에서 까부는 거야? 이 자식아──라고 하려던 말을 상황에 맞춰 직전에 바꾸고 사무적인 미소를 띠며 인사를 했다.

그러나 남자는 그 망설임을 두려움에서 비롯된 것이라고 생각했는지 스푸트니크에게 얼굴을 들이대고 "닥치고 비키라고, 너한텐 볼일 없으니까!"라고 말했다.

그리고.

남자의 오른손이 스푸트니크의 멱살을 잡아 올린 그 순간이 신호가 되었다.

"정당방위입니다."

확인하듯이 한 번 중얼거리고 나서──남자가 아니라 등 뒤를 향해서 말한 거였다──스푸트니크는 인상을 쓰고 남자를 강하게 노려보았다.

스푸트니크는 변화에 반응하는 남자보다 먼저 그의 양팔을 잡아 그대로 바닥에 엎드리게 해서 구속하고 몸에 올라타서 자유를 빼앗았다.

크악크악 하고 소란을 떨면서 양다리를 버둥거리는 남자의 다리 힘줄이라도 끊으면 조금은 조용해질까, 라고 생각했지만 그러면 역시 과잉방어라고 할 것이다. 때와 상황에 따라서는 그렇게도 했지만, 이렇게 이목이 있는 곳에서는 불리했다.

그래서 대신해서. ──발뒤꿈치를 치켜들어 남자의 머리에 내리쳤다. 소란스러웠던 남자의 다리는 바로 잠잠해졌다.

그때 문득.

"응?"

누군가가 이름을 부른 듯한 느낌이 들어서 스푸트니크는 고개를 들었다. 주변에는 이미 구경꾼 몇 사람이 있었다. 어쩌면 그중에서 스푸트니크를 아는 누군가가 있을지도 모르지만, 땅바닥에──정확하게는 남자의 위였지만──앉은 자세로는 정확하게 알 수 없었다.

따라서 그 지인을 찾기를 포기하고 다시 남자를 보았다. 기절이라도 했나 싶었지만, 눈은 어깨 너머로 스푸트니크를 확실히 보고 있었다. 동공이 풀리지 않은 것을 보아 의식은 있는 모양이었다. 두려움의 빛이 어느 정도 담겨 있는 것 같기도 했지만, 자업자득이었다.

"남의 단벌옷을 구겨지게 하다니 무슨 짓이야. 세탁비를 청구할 거야."

"읍……."

팔을 조르며 노려보자 남자는 한순간 몸을 움츠렸다. 그러나 스푸트니크가 바로 팔을 풀자 그는 뻔뻔스럽게 이렇게 외쳤다.

"나, 난 피해자야! 너희한테 속은 피해자라고!"

"뭐어?"

녀석은 정말이지 엉뚱한 소리를 했다. 머리를 너무 세게 때렸나.

"무슨 소리야. 먼저 나한테 손을 댄 건 그쪽이잖아."

거들먹거리며 뻔뻔스럽게 피해자라고 주장하는 사람 중에 제대로 된 녀석은 없다――아니 거들먹거리지는 않았지만, 예를 들자면 말이다. 상인으로서 겪은 경험을 떠올리면 그 사실은 명확했다.

일이 이렇게 됐으니 졸도시켜서 잠자코 있게 하는 편이 쓸데없는 소릴 듣지 않을 수 있는 데다 연행할 때 수고도 덜 수 있지 않을까. 그렇게 생각해서 스푸트니크는 다시 한 번 다리를 치켜들었다. 하지만.

"그만하게, 스푸트니크."

나지막한 목소리가 그를 저지했다. 누구의 목소리인지 생각할 필요도 없이 반사적으로 몸이 움직이다 멈췄다.

이래서는 마치 줄에 묶인 개와 같았다. 그는 뒤를 돌아 목소리의 주인을 올려다보았다.

"어째서죠, 번거로운 일은 줄이는 편이 낫잖아요."

"아니. 어쩌면――."

그때가 되어서야 마침내.

탁탁탁탁, 하고 분주한 발소리와 더불어 경비가 찾아왔

다. "경비의 기량은 재고할 여지가 있겠군" 하고 클루롤이 중얼거렸다.

스푸트니크는 구속해둔 남자가 풀리지 않도록 주의하며 경비 제복을 입은 남성 세 사람에게 그를 넘겼다. 그들은 "협력해주셔서 감사합니다"라고 말하더니 남자의 양팔을 잡아서 일으켜 세웠다.

그러자 남자는 깨끗이 단념하지 못하고 다시 날뛰기 시작했다. "난 피해자야!"라고 외치면서.

물론 경비들은 그에 답하려고 하지 않았다.

이러고 저러는 동안 복도 안쪽에서 남자 두 사람이 더 나타났다. 차림새로 보아 이쪽은 사무원이었다. 이상 보고를 받아서 찾아왔다가 클루롤이 있다는 사실을 알아차리더니 당황한 듯이 달려왔다.

"상회장님! 다치진 않으셨습니까?"

"안 다쳤네. ──이보게, 그 녀석을 데리고 가는 건 잠깐 기다려주게."

클루롤의 몸을 염려한 사람은 아마도 그의 부하겠지. 스푸트니크보다 훨씬 가까운 존재여서인지 그의 대답은 무척 냉담했다. 명령을 받은 경비는 남자의 양쪽 겨드랑이를 붙든 채 클루롤을 향해 몸을 돌렸다.

클루롤은 그 날카로운 삼백안으로 붙들린 남자를 보았다.

"보석상 사기를 당했는가?"

"……그렇다."

답은 신음하는 듯한, 이쪽에서 나오는 태도를 엿보는 듯한 것이었다.

스푸트니크도 경비도, 그 남자마저도 움직이지 않고 클루롤의 이어질 말을 기다렸다.

그의 '결정'이 내려지기까지 시간은 그리 걸리지 않았다. 클루롤의 눈동자만이 천천히 움직여서 스푸트니크를 보았다.

무슨 일이냐며 역시 시선만으로 묻자 클루롤은 이렇게 말했다.

"스푸트니크. 저 사람의 이야기를 들어주게."

"네에?"

그만 이상한 소리를 내고 말았다.

"어떻게든 해주게. 내 '심복'을 빌려주겠네."

"싫습니다. 왜 내가."

뜻밖의 제안에 일인칭이 그만 원래대로 돌아왔다.

심복. 누구를 가리키는지 상상하기는 쉬웠다. 확실히 그 사람을 부릴 수 있다면 편리하긴 하겠지――그러나.

스푸트니크는 눈살을 찌푸렸다. 어쨌든 자신은 클루롤의 부하가 아니다. 이런저런 뒤가 구린 일이 약점으로 잡혀서 수수께끼의 남자를 확보하는 짓을 해버렸지만, 본래 이 일은 일개 보석상이 해야 하는 게 아니다. 더군다나 사기? 동업자가 일으킨 죄의 뒤치다꺼리를 상회는 그렇다 쳐도 어째서 자신이 해야 할 필요가 있느냐고 생각했다.

불만에 참을 수 없어서 항의하려고 했다. 하지만.

"내 '부탁'을 못 들어주겠는가?"

클루롤은 그것마저도 꿰뚫어 보고 있었다. 꿰뚫어 보고 나서 대책 또한 이미 세우고 있었다. 그의 시선이 스푸트니크를 이끌 듯이 천천히 이동했다. 그 시선을 좇아서 쳐다보니——

한숨이 나왔다.

다름 아닌 자신의 멍청한 행동 때문이었다.

그곳에는 클루롤의 부하 중 한 사람이 있었다. 스푸트니크가 노려보자 그는 놀라서 눈이 휘둥그레졌고, 그 후 겁에 질린 것처럼 어깨를 움츠렸다. 그러나 분노는 정확하게 말해서 그가 아니라, 그의 손에 있는 물건에 또는 자신의 산만한 주의력에 대해 느낀 것이었다.

그렇다. 확실히 손에서 놓고 있었다. 저항하는 남자를 한창 확보하던 중에 몹시 방해가 되었기 때문이다.

"자아. 어떻게 하겠나?"

어떻게 하기는.

하여간 이 부녀는 사람에게 선택권을 주지 않는다. 그의 부하가 들고 있는 '그 서류가 들어간 가방'을 원망스럽게 노려보며 스푸트니크는 말을 내뱉었다.

"……응접실 하나만 빌리겠습니다."

클루롤은 "건네주게" 하고 턱을 가볍게 움직였다. 부하 쪽은 내용물을 알아차리지 못했는지 의아한 모습으로 가방을 내밀었다. 스푸트니크는 가방을 빼앗다시피 받아들었다.

"검사 항목을 재검토해야겠군. 경비도, 사무도."

그렇게 말한 클루롤의 입가에는 흔치않게도 웃음이 번지고 있었다.

2

손바닥에서 무언가 미끄러져 떨어지는 감각이 들어서 클루는 흠칫하고 잠에서 깼다.

손에서 떨어지던 무언가를 다급히 다시 꼭 쥐었다. 보드라운 그것은 토끼 헝겊인형의 오른팔이었다. 잠들 때면 늘 함께하는 헝겊인형이 아무래도 몸부림을 치는 바람에 위치가 어긋나서 침대에서 떨어지려 한 것 같았다. 실제로 헝겊인형의 절반은 이미 침대에서 튀어나가 비스듬하게 기울어져 있었다. 클루가 받치지 않았더라면 분명 불쌍하게도 침대 아래로 굴러 떨어졌을 것이다.

"큰일 날 뻔했네."

중얼거리며 끌어올렸다. 클루는 평소에 잠투정이 심했지만, 놀라서 깬 탓인지 눈이 완전 말똥말똥했다. 그러나.

"……어?"

몸을 일으켰다. 그곳은 자신의 방이 아니었다.

방 안에는 침대 두 개가 놓여 있었다. 쥐고 있는 헝겊인형은 여느 때와 같았지만, 풍경은 완전히 낯설었다──아니.

"맞다. 상회에 왔었지……."

다시 한 번 엎드려서 베개에 머리를 떨어뜨렸다. 푸욱, 하는 소리가 났다.

스푸트니크가 외출한 후 여유롭게 수면을 취한 덕분에 기분은 완전히 차분해져 있었다.

그러나 자신을 실컷 괴롭히던 구역질이 사라지자 여러 가지 생각이 떠올랐다. 이 모든 것이 그날, 안나에게 '혼전 여행'이라는 말을 들은 탓이었다. 클루는 그런 생각이 전혀 없었는데, 안나가 한 말 때문에 마차 안에서 그만 기분이 들뜨고 말았다.

"정말이지 안나 때문이야."

이곳에 없는 친구를 향해 불만을 터뜨렸다. 그 불만이 도달할 일이 없다는 사실도, 애초에 정말로 나쁜 것은 전날 늦게까지 자지 않았던 자신 때문이라는 사실도 아주 잘 알고 있었지만 말이다.

짐 정리가 끝나지 않았기도 했지만, 가장 큰 원인은 기분이 들떠 있었기 때문이다. 상회에 데리고 가준다는 사실과 제 몫을 다하는 종업원으로서 인정받은 듯한 기쁨.

거기에다가 안나가 말한 '혼전 여행'. 정말로 그렇다고 생각하지는 않았지만, 그럼에도 오랜만에 단둘이서 가는 여행인 데다 같은 방에서 숙박하는 등 비일상적이었다. 뭔가 이렇게, 반드시라고는 할 수 없지만, 뭔가 이렇게 무슨 일이 있어도 이상하지는 않지 않은가! 라는 생각에 상상만 끝없이 펼쳐졌──그러나 현실이란 정말 무정한 법이다.

"없어. 그런 일은 없어⋯⋯."

중얼거린 말이 베개에 녹아들었다. 실상은 마차 멀미를 하고, 스푸트니크는 어처구니가 없어하며 가기로 했던 상회에 데리고 가주지 않았다.

헝겊인형을 끌어안고 한숨을 한 번 쉬었을 때.

문득 깨달았다.

"스푸트니크?"

방 안에는 혼자였고, 옆 침대에는 사용한 흔적이 없었다.

창밖은 이미 어두컴컴한데 아직 돌아오지 않은 건가. 상회에서 이야기가 끝나고 돌아오면 식사하러 가자고 했는데.

그렇다면 잊어버린 걸까. 하지만 불만을 터뜨릴 마음은 들지 않았다. 이번 일만큼은 자신이 잘못했다. 자신의 탓으로 컨디션을 망쳐서 앓는 바람에 도착이 늦어졌다. 관리담당자에게 뭔가 한 소리를 들었을지도 모른다. ――자신 때문에.

하지만 늦게까지 일하면 피곤하진 않을까. 혼이 나고 있지는 않을까. 배가 고프지는 않을까.

그런 생각이 들자 눈시울이 서서히 뜨거워졌다. 그러나 고생을 하는 사람은 자신이 아니다――아무 고생도 하고 있지 않은 자신이 이런 일로 울어서는 안 된다. 고개를 들었다.

그러다 창틀 높은 곳에 붙어 있는 종이 한 장을 발견했다.

작은 종잇조각. 무언가 쓰여 있는 듯했지만, 창밖을 향한 면에 쓰여 있는지 이쪽에서는 희미하게만 보였다.

저건 대체 뭘까. 궁금해서 침대에서 내려온 바로 그때였다.

방 밖에서 소리가 났다.

*

숙소의 방 하나. 계단에서 가장 먼 방. 점심 때 클루를 두고 온 방. 스푸트니크는 그 문 앞에 서 있었다.

손에 든 가방을 고쳐들고 비어 있는 한쪽 손으로 호주머니에서 시계를 꺼냈다. 날짜는 바뀌지 않았지만, 이미 늦은 시각이었다. 시계를 안쪽 주머니에 되돌려놓으며 스푸트니크는 방안에 있을 자신의 종업원을 생각하고 중얼거렸다.

"이미 자고 있겠지."

졸린 눈을 부비며 기다려주기를 바란 것은 아니다. 오히려 그 편이 귀찮아지리라는 것을 알고 있기 때문에 정말로 별 뜻 없는 단순한 중얼거림이었다.

프런트에서 받아 온 열쇠를 사용해 문을 열고 들어갔다. 생각한 대로 현관 부분에도 거실 부분에도 불빛은 없었고 고요했다. 손으로 더듬어서 불을 켜자 마침내 시야가 편해졌다. 가방을 식탁에 던지고 재킷을 벗어 던졌다. 구겨지지 않을지 신경 쓸 기력은 이미 없었다. 넥타이를 느슨하게 풀며 소파에 걸터앉았다.

스푸트니크가 깊고 길게 무거운 한숨을 쉰 것과 동시에.

등 뒤에서 끼익 하고 경첩이 삐걱대는 소리가 들렸다.

뒤를 돌아보았다.

"……뭐야, 아직 안 잤어?"

침실로 이어지는 문이 열렸고, 클루가 얼굴을 내밀었다. 눈이 촉촉한 것은 하품이라도 해서일까.

건너편에 앉으면 되는데 일부러 옆으로 와서 같은 소파에 앉았다.

"다녀왔어요? 늦었네요."

"그렇게 됐어."

"그런 것치고는 술 냄새가 안 나네요."

"넌 날 어떻게 생각하는 거야."

틈만 나면 여자랑 열심히 놀거나 술을 마신다고라도 말하고 싶은 걸까. ——부정하기 힘든 면이 없진 않지만 말이다.

"여태껏 상회에 있었어. 놀 여유도 없었어."

"그랬군요……."

대답하자 그녀는 뭔가 깊은 생각에 잠긴 듯이 고개를 숙였다. 표정이 어딘가 불안한 것 같기도 했다.

클루는 그대로 잠시 입을 다물고 있었다. 이윽고 스푸트니크가 무슨 일인가 하고 생각하기 시작했을 무렵, 그녀는 결심한 듯이 고개를 들었다.

"저기. ……혼나지는 않았어요?"

"어?"

혼이 난 건 아니지만, 충고는 받았다.

그러나 클루는 '이것'에 대한 일은 모를 터였다. 무슨 소릴 하는 걸까, 설마 눈치 채고 있었던 걸까 하고 순간적으로 생각했지만, 아무래도 그렇지는 않은 모양이었다. 눈동자가 서서히 촉촉해지더니.

"쿠의. 쿠의 컨디션이 안 좋아서 도착이, 늦어졌으니까요."

슬픈 듯이 그런 말을 했다. 또 쓸데없는 일을 신경 쓰고 있었군, 하고 스푸트니크는 오른손을 흔들었다.

"안 혼났어. 상대도 프로야, 웬만한 트러블에는 끄떡도 안 해. 신경 쓰지 마."

그렇게 대답해도 클루의 미간에 새겨진 주름은 여전히 펴지지 않았다. 하지만 그 이상 그에 대해 말을 더한들 서툰 변명으로밖에 들리지 않을 듯했다. 그래서.

사둬서 다행이라고 뼈저리게 생각하며 스푸트니크는 소파에서 일어났다. 그는 식탁으로 이동하더니 가방에서 종이봉투를 꺼냈고, 또 그 안에서 병 하나를 꺼냈다. 그리고 식탁 의자에 걸터앉아서 병 코르크를 뽑으며 클루에게 이쪽 의자에 오도록 지시했다.

"이거 선물이야. 네가 이곳에 와 있다고 했더니 관리담당자가 '사다 주라고' 하더군. 맛있다고 하더라."

먹을 것은 역시 강하다. 마침내 클루의 표정이 누그러들었다.

기쁜 듯이 내민 양손에 그것을 건네주자 그녀는 흥미진진한 모습으로 병 안을 들여다보았다.

"진저에일이래. 달콤한 맛이고."

"톡톡 튀어요?"

"자, 빨대."

병 주둥이가 있는데도 왜 탄산이 튈까 걱정하나 싶었지만, 본인이 마시기 편하다면야 그 편이 좋겠지. 함께 가져온 빨대를 내밀었다.

빨대를 병에 꽂아 넣고 입에 물더니 클루는 눈을 질끈 감고 빨대의 공기를 빨아들였다. 매번 하는 생각이지만 어째서 눈을 감을 필요가 있을까. 예전에 물어보니 지극히 진지한 표정으로 "빨대는 힘이 중요해요"라고 했지만 말이다.

잠시 홀짝홀짝 마시더니 이윽고 입을 떼어냈다. 그리고 한숨을 돌리더니 빙긋이 웃었다.

"맛있어요."

"그거 다행이군."

"슈욱 해서 마, 맛있, 맛있어······."

말을 끊고 잠시 후. 꺼억 하고 긴 트림을 했다.

그와 동시에 입에서 스톤 한 개가 데굴데굴 굴러 나왔다.

그로 인해 배의 상태는 안정된 모양이지만, 역시 부끄러웠는지 클루의 뺨이 붉은빛을 띠는 것을 어둑어둑한 와중에도 알 수 있었다. 그녀는 양손으로 뺨을 감싸고 "실수였어요, 실수" 하고 몸을 좌우로 흔들었다. 하여간에 이 아이는 아무리 봐도 질리지 않는 생물이다.

"그, 그래서."

그녀는 호주머니에 보석을 억지로 밀어 넣더니 멋쩍음을 감추듯이 소리를 높였다. 의자에서 일어나 스푸트니크의 다리 위에 손을 얹고 몸을 쑥 내밀었다.

"상회는 어땠어요?"

클루는 사적인 공간에 대한 감각이 그다지 갖춰져 있지 않아서인지 묘하게 거리가 가까울 때가 있다. 이 맑은 눈에 자신이 '하고 있는 일'을 간파당하고 싶지 않아서 스푸트니크는 무심결에 고개를 돌렸다.

"아무 일 없었어. 평소랑 같아."

"정말요? 조금 피곤해 보여요."

"그야 피곤하지. 일이잖아. 만날 각오도 하지 않았던 사람도 만나서 정신적으로도 상당히 지쳤어. 이상한 업무도 맡게 됐고 말이지──."

말할 필요가 없다는 사실을 아주 잘 알고 있는데.

방심했기 때문에 그만 말하고 말았다. 시종 이것저것 의중을 떠봐야 하는 인간들에게서 해방된 것으로 인한 부주의였다.

그는 입을 다물었다. 그러자 큰 눈동자가 놀라서 눈을 끔벅였다.

"저라도 괜찮으면 이야기 들을게요."

그리고 정말이지 당연한 듯이 이렇게 말했다.

"머리도 별로 똑똑하지 않고 어려운 이야기는 잘 모르지만, 이야기를 듣는 것 정도라면 할 수 있고…… 아, 게다가

저, 입 무거워요."

"가벼운 것 같은데."

"아니에요!"

그가 장난삼아 뺨을 꼬집어주자 그녀는 불쾌한 듯이 그렇게 말했다.

못 말리는 녀석이라니까. 감정을 감추지 않고 겉으로 바로 드러내는 그 무사태평함에 스푸트니크의 어깨에서도 무심코 힘이 빠졌다.

손가락을 떼어내고 뺨을 어루만졌다. 머리카락을 쓸어주며 스푸트니크는 진지하게 말했다.

"넌 나중에 좋은 여자가 될 거야."

클루는 놀란 듯이 다시 한 번 눈을 깜박였다.

뺨이 붉은빛을 띠어갔다. 조금 전보다 더욱 선명하게.

"그건 혹시."

그녀는 한 박자 두고──새되고 뒤집힌 목소리로 말했다.

"프, 프, 프, 프러포즈, 인가요?"

"어째서 그렇게 되는 거야."

그럴, 그럴 리가, 하지만, 하지만, 하고 클루는 제멋대로 번민하며 오른쪽으로 왼쪽으로 몸을 꼬았다.

이 아이의 엉뚱한 발상에는 가끔 따라갈 수 없을 때가 있다. 몽상적인 면은 일반적인 여자아이다워서 좋은 일일지도 모르지만, 안타깝게도 주변에 '일반적인 여자아이'가 있었던 경험이 드문 스푸트니크로서는 확실하게 알 수 없었다. 뭐니 뭐니 해도 어릴 적에 가장 가까운 곳에 있었던 사람은 당시에 아코라고 불리던 그 여자였으니 말이다.

그녀의 사고를 파악하는 것은 일찌감치 포기하고, 책상 가장자리에 놓여 있던 두꺼운 종이를 들어올렸다. 위에서 아래까지 대충 훑어보고 있으니 정신을 차린 클루가 "그거 뭐예요?" 하고 얼굴을 들이밀었다.

그렇다고 해도 특별한 것은 아니었다. 단순한 메뉴표였다.

"맞다. 뭐 먹으러 못 데려갔네. 배 안 고파?"

"아뇨, 괜찮아요. 신경 쓰지 마요."

하지만 오기로 버티는 듯했다. 말을 뒤덮듯이 클루의 배가 꼬르륵거렸다.

잠시 동안의 침묵 후. 눈썹을 치켜 올리고 얼굴을 물들인 채——아마도 조금 전과는 또 다른 의미에서 얼굴이 붉어졌을 것이다——아무 말 없이 야단치듯 자신의 배를 통통 두드리는 그녀를 보고 스푸트니크는 그만 웃음을 터뜨렸다. 이 아이는 하여간에 종잡을 수가 없다.

"룸서비스라도 시킬까?"

분명 이 숙소는 심야에도 주문을 받을 터였다. 지금 자신에게는 확실히 '시간이 없지만' 식사를 할 여유 정도는 가져도 되겠지.

그렇게 말하자 클루는 기쁜 듯 활짝 웃었다. 이게 좋다, 이것도 맛있어 보인다고 손가락으로 가리키며 명랑하게 조잘댔다.

하지만 어느 순간 갑자기 움직임을 멈췄다.

무슨 일인가 싶었더니 이쪽을 천천히 돌아보았다. 그리고 상태를 살피듯이 머뭇거리며 물었다.

"그래서…… 무슨 일이 있었어요? 이상한 업무는 뭐예요?"

염려하는 듯한 시선에 스푸트니크는 뺨이 누그러졌다.

그녀에게 이야기한들 아무것도 해결되지는 않겠지만, 그럼에도 누군가에게 이야기하고 싶기는 했다. 무슨 말을 하고서 말꼬리가 잡힐까봐 조심해야 할 필요가 없는 누군가에게.

옆으로 바짝 다가온 밤색 머리카락을 장난치듯이 빗으며 스푸트니크는 허공을 올려다보고 말했다.

"상회에서, 회장을 만났는데——."

——그 후.

준비된 응접실은 조금 전에 유키와 사용했던 공간과는 달랐다.

그 여자는 이 방에도 비밀 통로를 만들어두었을까. 생각한들 답은 나오지 않을 테고, 있다고 해도 현재 상황에서 달아날 수 없다는 생각에 한숨이 나왔다.

어쩌다 일이 이렇게 됐을까. 답이 나오지 않는, 답을 낸다고 해도 현재 상황이 아무것도 개선되지 않을 문제를 끌어안고서 스푸트니크는 건너편에 앉은 남자를 보았다.

"……그러니까."

그 말에 특별한 의미는 없었고, 단순히 무슨 말부터 해야 좋을지 몰라서 중얼거렸을 뿐이었다. 하지만 그것만으로도 남자의 어깨가 움찔했다. 아무래도 따끔한 맛을 너무 보여 준 것 같았다.

다만 이래서는 이야기가 진행되지 않을 듯했다. 스푸트니크는 조금 저자세로 나가기로 했다.

"조금 전에는 실례했습니다. 전 클루롤 보석상회에 소속된 리아피아트 시 스푸트니크 보석점의 점주, 스푸트니크입니다. 클루롤 보석상회 회장인 클루롤 씨에게 당신의 이야기를 듣고 해결하도록 의뢰를 받았습니다. 보석상과 트러블에 휘말리신 겁니까?"

한 마디 한 마디 알아듣기 쉽게 말했다.

그러자 그는 고개를 퍼뜩 들었다.

"그, 그래…… 그래. 맞아."

잠시 망설이듯이 눈동자가 요동쳤지만, 무언가를 말끔히 끊어낸 듯 그렇게 말하더니 인상을 찌푸리고 원망스럽다는 양 스푸트니크를 노려보았다.

"난, 난 피해자야."

"네에 네에."

몇 번이나 들은 말에 질리는 기분이 들었다.

적당하게 대응하고 스푸트니크는 가방에서 작은 노트를 하나 꺼냈다. 늘 가지고 다니는 잡기용이었다. 이야기를 들으면서 영업용 미소를 빙긋이 지었다.

"실례되지만 전, 그 사건이란 걸 모릅니다. 자세한 이야기를 여쭤도 될까요?"

"……그래."

──랏슈라고 이름을 밝힌 그 남자는 손가락을 분주하게 바꿔 끼며 불안한 모습으로 이야기하기 시작했다.

"나한테는 마리라는 연인이 있는데 프러포즈를 하려고 보석상에 약혼반지 제작을 의뢰했어. 플래티넘에 다이아몬드를 사용한 거였지. 대금은 선불로 금화 50닢이었고."

"흐음."

그거 정말 축하드릴 일이군요──하고 겉으로는 축복하면서 스푸트니크는 생각했다.

선불 제도를 이용하는 보석상은 드물지 않다. 이상한 고객을 만나면 상품을 만들게 해놓고는 직전에 취소하는 경우도 있었다. 스푸트니크는 몇 퍼센트의 계약금을 받아서 보험으로 삼고 있지만, 주문 시점에서 전액을 받고 싶어 하는 보석상은 흔했다. 고객 입장에서는 불친절하게 느껴질지도 모르지만, 이쪽도 밥은 먹고 살아야 하니 말이다.

또한 상품 금액에도 문제는 없었다. 돈이 있는 남자 대부분은 사랑하는 여자에게 고가의 반지를 선물하고 싶어 하고, 돈은 없지만 형식적으로라도 주고 싶은 마음에 저렴한 반지를 선물하고 싶어 하는 남자도 있다. 금화 50닢──확

실히 저렴하지는 않지만, 약혼반지로 잘못된 가격은 아니
었다.

여기까지는 평범했다. 그렇다면.

예상은 갔다. 완전 수준 이하의 행동을 하는 상인도 있는
법이다. 아니, 단순한 사기꾼으로 상인은 아닐지도 모르지
만 말이다.

스푸트니크는 말했다.

"대금을 받아서 도망쳤나요?"

"그래."

랏슈는 고개를 끄덕였다. 끄덕인 채 고개를 들려고 하지
않았다.

"그 남자는 클루롤 보석상회의 보석상이라고 했어. 그래
서 이곳에서 책임을 져줬으면 해서 온 거야. 그…… 보석상
을 대신해서 반지를 준비해줘."

"……그렇군요."

금화 50닢. 장식품으로서 흔치않은 가격은 아니지만, 다
시 쉽게 준비할 수 있는 가격도 아니었다. 접수처에서 그 정
도 난동을 부린 것도 당연하다, 고까지는 할 수 없지만 심
정은 이해되었다.

그리고 동시에 클루롤이 걱정하고 있다, 고 스푸트니크는
생각했다. 아무튼 자신의 상회 이름이 사기 도구로 사용되
고 있다. 신용이 가장 중요한 이 장사에서 불길한 싹은 얼
른 제거해야 하지──만, 그 말투로 보아서 피해가 한두 번

은 아닌 듯했다.

아마도 경찰에 피해신고서를 내고 범인을 특정하는 데 인원을 할애하고는 있지만, 아직까지도 잡히지 않은 상황인 듯했다.

그렇다면.

생각나는 사람은 경찰보다도 홀가분하게 움직일 수 있고 유능하고 야비한 '그 여자'.

아마도 클루롤은 지점 검사를 구실 삼아 그 여자에게 지시를 내리기 위해서 왔겠지. 얄미운 그 죄인을 어떻게든 해서 잡으라고.

길러준 은혜 때문인지, 달리 무슨 일이 있는지는 모르지만, 그 여자는 클루롤을 거역하지 못했다. 매번 불평은 어느 정도 부렸지만 최종적으로는 그의 지시대로 움직였다. 그러므로 클루롤이 '빌려주겠다'고 말했으면 그 여자는 확실히 스푸트니크의 말이 되어줄 것이다.

적으로는 죽어도 삼고 싶지 않지만, 아군으로 삼을 수 있다면 이보다 든든할 수 없는 여자였다.

그 여자가 수하로 있다면 어찌할 수 없는 일도 어떻게든 된다. 그런 확신에 가득 찬 생각이 들자 자연스레 뺨에 웃음이 떠올랐다.

그 여자다. 사흘만 있으면 사기꾼을 잡아다가 백일하에 그 얼굴을 드러내겠지——드러낸 얼굴의 형태가 원래와 같을지 어떨지는 모르지만.

어찌 되었든 대금은 범인에게 징수하면 된다. 위자료로 범인에게 돈을 조금 더 붙여서 받는 회수법도 불가능한 이 야기는 아니다. 자신은 다만 그 남자의 요구대로 반지를 만 들어주면 될 뿐이다.

그래서.

"알겠습니다."

그 말을 하는 데 주저하지 않았다.

가슴에 오른손을 대고 깊이 인사를 했다.

"그 의뢰, 파렴치한 사기꾼을 대신해서 이 스푸트니크 보 석점에서 받아들이도록 하겠습니다."

그리고 고개를 들어서 건너편을 보자 그는 시선을 위로 올려 스푸트니크를 보고 있었다. 호박색 눈동자가 그를 미 심쩍게 쳐다보고 있었다.

그렇다고는 하나 신용하지 못하는 것도 당연지사다. 같은 보석상에게 재산의 일부를 빼앗겼으니 말이다.

그런 생각을 하면서도 얼굴에는 드러내지 않고 머릿속으 로 해야 할 질문을 나열했다. 반지의 호수, 디자인. 예산은 금화 50닢 정도로 확정인지——아니, 그런 것보다도.

우선 이것을 그가 지정해주어야 한다.

"프러포즈 날짜는 정하셨나요? 그 전까지는 만들어드리 겠습니다."

반지의 납기일이었다.

약혼반지, 제작 기법은 로스트왁스법이나 조금(彫金)법이다. 약혼반지이므로 어중간한 스톤이나 금속을 사용해서는 안 되므로 그것들도 조달해야 한다. 어찌 되었든 날짜가 정해지면 물품을 조달하는 스케줄을 정하기 쉬워진다. 그래서 그 질문을 했지만.

──스푸트니크는 자신만만한 사람이다. 스스로 그렇게 자각하고 있었다. 그렇지 않으면 상인으로 일할 수 없고, 더군다나 가게에 종업원을 데리고 있을 수도 없다고 생각했다.

그러나 그때만큼은 달랐다.

자신이 괜한 자신감과 자만심을 부리고 있었다는 사실을 좀 더 빨리 알아차렸어야 했다.

스푸트니크의 머리가 남자가 한 말을 받아들이기를 거부했다.

"……지금, 뭐라고 하셨나요?"

목이 마르고 목소리가 잠겼다. 노트 가장자리에 펜이 점점이 의미가 없는 얼룩을 만들었다.

시답잖은 거짓말이거나 농담이기를 바랐다──그러나 그는.

"그러니까 곤란하단 거야!"

역시 어딘가 과장된 모습으로 목이 찢어져라 절규했다. 스푸트니크가 들은 말을 부정해주지는 않았다.

"원래 반지를 건네받기로 한 날이 오늘이야. 그런데 아무리 기다려도 보석상이 오지 않아서, 이거 설마 하는 생각에 이곳으로 찾아온 거고. 다시 말할게, 원래 받기로 한 날은 오늘 점심이고 프러포즈 날짜는——."

엉망진창이다. 스푸트니크는 머리를 싸쥐고 싶어지는 것을 참았다.

그 사실을 전한 그 순간.

클루가 쥐고 있던 디저트 스푼에서 아이스크림이 툭 떨어졌다.

입을 떡 벌린 채 눈도 마찬가지로 크게 뜨고 있었지만, 스푼이 입으로 향하는 모습은 없었다. 놀라서 손이 멈춰 있었다. 스푼에서 아이스크림이 떨어졌다는 사실도 알아차리지 못한 모양이었다.

무리도 아니라고는 생각했지만 일단 야단을 쳤다.

"예의에 어긋나는 행동이야."

그가 말하자 그녀는 마침내 제정신이 든 것 같았다.

스푼을 접시에 놓고 양손을 가슴 앞에서 깍지 꼈다. 그리고 곁에 앉은 스푸트니크에게 몸을 내밀듯이 바짝 다가가서 말했다.

"하, 하지만."

"하지만 왜?"

"그, 그럴 수 있어요? ——내일 점심까지 플래티넘과 다이아몬드로 만든 약혼반지라니!"

클루는 장식품을 만드는 법은 모른다. 보석점 점원으로서의 경험으로 기구를 건드려본 적은 조금 있지만, 전문적인 지식을 배운 적이 없어서 가공사로 일하기에는 턱없이 부족했다. 하지만 그런 그녀라도 지시받은 기한이 터무니없이 짧다는 사실은 이해한 모양이었다.

비명과 같은 질문. 스푸트니크는 자신이 동요한다는 사실을 그녀가 알아차리지 못하게 눈을 감았다.

그 남자가 지시한 납품일. 그것은 '내일 정오'였다. 사용해야 하는 것은 다이아몬드와 플래티넘, 물론 원하는 디자인도 주문받았다.

엉망진창이다. 약혼반지를 반나절 만에 만들라니, 제대로 된 생각을 가지고 있다면 그런 주문을 할 녀석은 없다는 사실을 온 힘을 다해 에둘러서 전했지만, 그는 자신의 요구를 막무가내로 양보하지 않았고——결국 강요받다시피 해서 주문을 받고 말았다. 평소라면 거절하거나 납기일을 연장하겠지만, 이번만큼은 거절하고 싶어도 거절할 수 없는 상황이었다. 덧붙이자면 스푸트니크가 보석상회에서 가능한 한 번거로운 일을 일으키고 싶지 않던 중에 때마침 응접실에서 소란을 피우는 그와 맞닥뜨린 것이다.

하지만 이 아이에게 나약한 소리와 흡사한 푸념을 하기에는 사장으로서의 프라이드가 용납하지 않았다. 눈을 감은 채 "어떻게든 해야지"라고 말했다. ——거짓말 같다는 생각은 스스로도 하고 있었다.

클루의 기적이 멀어졌다. 눈을 뜨자 그녀는 그에게 그만 기대고 고쳐 앉아서 턱에 손을 대고 있었다.

"……그런데. 뭔가 이상해요."

"이상해?"

설마 만사태평한 아이의 입에서 그런 말이 나올 줄은 전혀 예상하지 못했다. 지금, 자신이 말한 사정에 무언가 이상한 점이 있었던 걸까.

그 여자를 상대하느라 신경이 곤두서 있던 대가로 주의력이 떨어진 걸까. 생각해도 답은 나오지 않았다. 그녀가 느낀 위화감이 현재 상황을 조금이나마 타파하는 방향으로 이어졌으면 싶어서 절반은 지푸라기를 잡는 심정으로 물었다.

"뭐가 말이야?"

"저기, 그러니까, 그게 그러니까……."

그러자 클루는 양팔을 몸 옆에서 파닥파닥 흔들며 무언가 말하고 싶어 했다.

잠시, 저기 그러니까, 하고 말을 골랐지만, 이윽고 팔이 멈췄다. 그리고 한심스럽게 얼굴을 찌푸리고 고개를 숙이고서,

"……모르겠어요."

포기했다.

"그런데 왠지 이상한 느낌이 들어요."

그러니까 뭐가 이상하냔 말이지.

다시 한 번 말하려다가, 초조함이 번지는 듯한 느낌이 들어서 목소리가 나오기 전에 눌러 참았다. 대신 팔짱을 끼고

다리를 꼬고서 한숨을 쉬었다.

클루는 스푸트니크가 하는 그 일련의 행위가 자신을 향한 어이없음 혹은 실망으로 받아들였는지 당황한 듯이 목소리를 높이며 벌떡 일어섰다.

"하, 하지만, 하지만."

그리고 가슴에 팔을 대고 의기양양한 얼굴로 선언했다.

"괜찮아요. 여긴 나한테 맡겨줘요!"

"오호라?"

그 모습을 보아하니 그 외에도 뭔가 대책이 있나 보다.

스푸트니크가 보는 앞에서 그녀는 등줄기를 바로 세우더니 발을 어깨 너비로 벌리고 배를 두 번 팡팡 두드렸다. 그후 허리를 좌우로 흔들었다.

그대로 정지.

……이윽고 그 커다란 눈에 눈물이 서서히 번졌다.

아랫입술이 치켜 올라가고 어깨가 미세하게 떨리기 시작했다.

무슨 일이 벌어졌는지 무엇을 하려고 했는지는 알 수 없지만, 어찌 되었든 그 일련의 움직임 속에서 클루에게 있어서 무언가 괴로운 일이 벌어진 모양이었다.

"분해요."

"뭘 하고 싶었던 거야?"

"플래티넘은 토한 적 없지만, 다이아몬드는 노력하면 토할 수 있을 거라 생각했어요. 그런데, 그런데."

그 설명을 듣고 나자 그녀가 벌인 기행의 의미를 마침내 납득할 수 있었다. 예전에는 배를 맞아서 보석을 토했으니 결코 허풍은 아닐 것이다, 하지만.

잇달아 배를 통통 두드리는 클루의 손을 잡아서 멈추게 했다.

"기껏 먹은 밥을 토하면 아깝잖아. 관둬."

"그치만 분하잖아요. 속상해요. 스푸트니크가 위기를 겪을 때 도움을 주고 싶은데."

기특한 말을 하면서 하염없이 울고 있었지만, 그러면 다시 몸살이 날 뿐이다. 예전에 도둑들의 아지트에 보석 제조기로 납치당했을 적은 어찌 되었든, 지금은 종업원으로서 능력도 나름대로 좋은 평가를 받고 있기도 하니 말이다.

그리고 이 아이에게 좋지 않은 일이 생기면 무엇보다 이쪽의 신변이 위험하다. 아무튼 이 아이 뒤에는 리아피아트 시의 민완 경위라든지 보석상회장의 측근이 있으니까.

"너 같은 애한테 의지해야 트러블을 해결할 수 있다면 난 폐업 확정이야. 안심해, 네 고용주는 그렇게까지 무능하진 않으니까."

"하지만…… 읍."

"말대꾸는 됐어. 그리고 내 하나밖에 없는 슈트에 콧물 묻히지 마."

꺼낸 손수건으로 그녀의 코를 잡아서 쓸데없는 말을 막았다. 접어서 눈물도 닦아주었다. 몇 방울인가 따라서 떨어지

는 눈물은 스스로 닦도록 마지막에 그 손수건을 클루에게
주었다.

그러자 뭐가 신기한지 그녀는 건네받은 손수건을 찬찬히
살펴보았다. 그리고 앞뒤로 뒤집어가며 흥미 깊게 관찰하
고 있었다.

흔해빠진 값싼 것이었지만, 더럽거나 해지지는 않았을 터
였다. 오늘 주머니에 넣고 나서 특별히 사용한 기억이 없기
에…… 립스틱이 묻을 일도 없을 터였다.

"왜 그래? 무슨 일 있어?"

기다리다 지쳐서 묻자 클루가 갑자기 손수건을 자신의 뺨
에 갖다 댔다.

"뭔가 좋은 향기가 나요."

"……아아."

냄새에 코가 익숙해진 탓에 완전히 잊고 있었다.

"향수겠지, 이것 봐."

"흠."

손목을 얼굴 앞에 들이대자 그녀는 코를 가까이 가져다
댔다. 코를 킁킁거리고 고개를 끄덕였다.

"향기가 좋네요."

"그거 고맙군."

"여자를 만날 때면 늘 뿌려요?"

"바람피우는지 의심하는 마누라도 아니고. 정장을 입을
때는 늘 뿌려."

여자를 만날 때도 뿌리지만 그 말은 하지 않기로 했다.

"그럼."

스푸트니크는 클루를 가볍게 밀어서 비키게 하더니 의자에서 일어섰다.

방치하던 서류 가방을 끌어당겨서 불필요한 것을 꺼내고 필요한 것만 담았다. 그러고 나서 재킷을 한쪽 팔에 걸치고 비어 있는 한쪽 팔로 기지개를 크게 쭉 켰다.

"난 나갈게."

"어?"

스푸트니크로서는 당연한 말을 했지만, 클루는 놀랐는지 눈을 크게 떴다.

"이, 이런 시간에요? 이제 밤이에요. 날짜가 바뀔 거예요."

"안타깝게도 이미 바뀌었어. 0시 7분이야."

"정확한 시각을 알고 싶은 게 아니에요."

재킷 안쪽 주머니에서 시계를 꺼내 답하자 클루가 대들듯이 말했다. 하지만 그 기세는 바로 누그러들었고, 서운한 듯이 눈썹이 축 처졌다.

"밤도 이렇게 늦었는데. ……꼭 가야 해요?"

"늦었다 해도 어떻게든 해야지. 아니, 늦었기 때문이라고 해야 하나. 시간이 없기도 하고."

자는 시간도 아까운 판국이었다.

시계를 도로 넣고 식탁을 둘러보았다. 먹다가 어지른 것은 나가면서 프런트에 한마디 하면 정리해주겠지. 이 숙소의 장점은 시간적으로 자유로운 것으로, 이렇게 깊은 밤에 부탁해도 싫은 내색도 전혀 하지 않았다.

전장에 나갈 각오는 됐다. 그렇다면 가볼까——하고 걸어 가려고 한 그때, 클루가 갑자기 일어섰다.

"저, 저기. 그럼, 나도 도우러 갈게요. 지금 준비할 테니 잠시 기다려——."

"됐어."

어떻게든 명예를 회복하고 싶은지 그리 말했지만, 스푸트 니크는 그 제안도 거절했다.

충격을 받았는지 그녀는 굳어졌지만, 당연한 일이다.

"넌 이제 자."

"하지만."

"내일 돌아갈 거야, 또 마차에서 멀미하면 곤란해."

그런 말은 핑계고 이런 시간에 상회에 데리고 갔다가 그 여자에게 "이런 밤중에 여자애를 데리고 다니다니!" 하고 괜히 혼나기가 싫었다.

——게다가.

이 야심에 이 아이를 밖에 내놓고 싶지는 않았다.

창문을 보았다. 신경이 쓰인 것은 어두운 하늘, 이 아니라 ——그곳에 붙어 있는 한 장의 부적으로, 언젠가 그 여자가 그에게 보내준 것과 같았다. 어딘가의 마법소녀에게는 효 력이 전혀 없었지만, 그 이외의 마법사는 확실히 무력화시 키는 그것.

마법사막이 부적.

그것이 그곳에 있다는 사실에 확실한 안도감을 느끼며 스푸트니크는 클루에게 말했다.

"숙소에서 나가지 마. 이 부근엔 마법사가 있어."

*

그가 바삐 방을 나갔고, 이어서 문이 쾅 닫혔다.

그러고 나서 클루는 해야 할 말을 깜박했다는 사실을 마침내 깨달았다.

"……조심히 다녀와요."

하지만 닫힌 문 앞에서 중얼거린 말은 분명 문 건너편에는 도달하지 않을 것이다. 그리고 그뿐인 말을 그를 쫓아가서 하기에도 꺼려졌다.

이야기를 들은 한 그는 지금 무척 바쁘다. 그리고 바쁜 그는 지금, 자신을 필요로 하고 있지 않다. 그렇다면 그를 위해서 지금의 자신이 할 수 있는 일은 이곳에서 얌전히 대기하고 있는 것뿐이다. 알고는 있지만──하지만.

실내의 기온이 조금 떨어진 것 같아서 어깨가 파르르 떨렸다. 그런데 눈시울만큼은 확 뜨거워져서 다급히 침실로 뛰어들었다.

침실에서는 헝겊인형 하나가 침대 위에 축 늘어져서 뒹굴며 클루가 돌아오기를 기다리고 있었다. 침대에 신발을 벗고 올라가 헝겊인형과 함께 이불 안으로 피신했다.

클루는 코까지 이불을 뒤집어쓰고 헝겊인형에게도 어깨까지 이불을 덮어주며 중얼거렸다.

"스푸트니크는 일해야 해서 가버렸어."

얼빠진 얼굴을 한 헝겊인형은 물론 아무 말도 하지 않았다. 천장을 향한 채 누워 있었다.

"안 가길 바랐는데……."

하지만 투정을 부려서는 안 된다.

헝겊인형의 기다란 귀를 쓰다듬으며 클루는 "스푸트니크, 힘든 것 같았어"라고 말했다. 도착이 늦어진 데다 힘든 일을 맡게 되었고, 데려온 종업원은 도움이 되지 않았다.

보석도 토하지 못하고 말이다.

"내 '체질'이 도움이 될까 했는데…… 정작 중요한 순간엔 나오지 않네. 어째서일까."

헝겊인형은 답하지 않았다. 그 대신 자신의 내면에서 답이 돌아왔다. ——무용지물.

아무 도움도 되지 않는 주제에 "나중에 좋은 여자가 될 거야"라는 말을 들은 것만으로 우쭐해하기나 하고. 마음속에서 자신을 비웃는 목소리가 들리는 듯했다. 그것을 가로막고 싶어서 곁에 눕힌 헝겊인형에게 자장자장, 자장자장, 하고 자장가를 불러주었다. 진심으로 불러주고 싶은 사람은 지금 이곳에 없지만.

자신이 노래하는 목소리를 듣고 있던 중에 클루는 자신도 졸리기 시작했다. 헝겊인형을 끌어당겨 안고 배에 얼굴을 파묻었다. 빌린 손수건에서 손으로 옮은 그의 향기가 클루의 코에 희미하게 닿았다.

무심코 떨어진 눈물이 코를 타고 흘러서 헝겊인형의 배에 스며들었다.

"뭔가 할 수 있는 일이, 없을까……."

이불 안에서 중얼거렸지만 답은 돌아오지 않았다.

——스푸트니크 보석점의 종업원으로서 온 힘을 다해 노력하고 싶다.

어떻게 하면 그의 곁에 있을 수 있을까. 어떻게 하면 그에게 도움이 될 수 있을까. 헝겊인형에 코를 꽉 누르며 클루는 마냥 생각했다.

3

숙소를 나와서 다시 상회로 갔다.

여러모로 결심하고 왔지만 상회로 향하는 스푸트니크의 발걸음은 물론 무거웠다. 답을 낼 수 없을 법한 물음의 답을 찾으러 온 것 같았기에 당연한 일이었다.

상회의 정문 현관은 이미 닫혀 있었다. 뒷문으로 돌아가자 그곳은 다행히 불이 켜져 있었다.

날개가 달린 작은 벌레처럼 휘청거리며 다가가자 경비실에서 젊은 남자가 나와서 의아한 얼굴로 이쪽을 보았다. 하지만 현관에서 소동이 벌어질 때 있었는지 스푸트니크의 얼굴을 보더니 무슨 말을 할 필요도 없이 납득한 표정을 지었다.

하지만 확실히 하기 위해서 신분을 나타내는 옷깃 언저리의 핀을 손가락으로 가리켰다. 그는 역시 다 안다는 얼굴로 "수고가 많으시네요" 하고 말했다.

"스푸트니크 보석점의 스푸트니크 님이시죠? 유키 씨께서 말씀 전해달라고 하셨습니다. '제2응접실로 와달라'고 하셨습니다."

"그렇군. 고마워."

"장소는 아시나요?"

"괜찮아."

알고 자시고 저녁 무렵에 막 한 번 갔던 참이었다.

뒷문의 손잡이를 돌리는 경비원의 등을 멍하니 바라보고 있으니 그가 갑자기 "어" 하고 말했다.

무슨 일인가 했지만, 이유는 바로 알 수 있었다. 경비원의 손에 열린 문 건너편, 안쪽에서 나온 형체가 있었던 것이다.

그 형체는——

"…………"

스푸트니크는 아무 말 없이 시선을 자연스레 피했다.

그 형체는 검은 로브를 뒤집어쓰고 있었다.

후드에 가려서 얼굴 위쪽 절반은 보이지 않았다. 어깨 폭과 키를 보아 아마도 여자겠지만 말이다.

그에 이어 두 사람이 안쪽에서 나왔다. 체형이 비슷한 사람이 한 사람, 체격이 조금 큰 사람이 한 사람. 뒷사람은 어깨가 둥그스름한 남자인지 힐을 신은 여자인지는 역시 로브 때문에 판단이 서지 않았다. 하지만 차림에서 그녀들의 정체를 쉽게 상상할 수 있었다.

마법사.

전혀 엮이고 싶지 않았다. 길을 양보하는 척하며 가만히 기다렸다.

그러나 어째서일까. ──시간이 아무리 흘러도 그녀들은 어딘가로 갈 기색을 보이지 않았다.

기다리다 지친 스푸트니크가 눈만 움직여 그쪽을 보자 그녀들은.

"……저한테 무슨 용건이라도 있으십니까?"

그녀들은 어째서인지 스푸트니크를 가만히 보고 있었다.

아니, 눈은 보이지 않았기 때문에 시선이 어땠는지까지는 모르지만, 머리 세 개가 스푸트니크를 똑바로 향해 있었다. 그 자리에 멈춰선 채 단지 조용히.

그 모습을 가만히 바라보다가 알아차렸다. 덩치가 큰 마법사의 입술에 립스틱이 칠해져 있었다. ──세 사람 모두 여자인가.

"용건이 있다면 간단히 말하세요."

혐오감을 숨기지 않고 물었다. 그 말에 덩치 큰 여자가 움직였다.

몸을 조금 살짝 구부려서 눈앞의 여자 머리에 자신의 머리를 가까이 하더니 무슨 일인지 입을 움직여 귓속말을 하는 듯했다. 귓속말을 들은 여성은 체격이 큰 쪽을 올려다보더니 무슨 의미가 담겨 있는지 고개를 가로저었다.

어떤 이야기를 주고받는지는 알 수 없었지만, 그리하여 세 사람의 의견은 정리된 모양이었다. 아무 말도 하지 않고 고개를 조금 숙이고 엄숙하게 걸어왔다. 그녀들은 스푸트니크의 옆까지 와서도 걸음을 멈추지 않았고, 목례도 하지 않고 그대로 걸어갔다.

──그 모습이 어둠 속으로 사라져가는 것을 배웅하고.

스푸트니크는 내심 한숨을 쉬었다.

정말이지 뭐야.

"모르는 사람들이죠?"

경비가 스푸트니크의 심중을 대변해주었다. 쳐다보자 그는 열린 문을 지탱하며 쓴웃음을 짓고 있었다.

"이렇게 말씀드리면 상회와 거래하는 분들에게는 실례가 될지도 모르지만, 역시 마법사는 무슨 생각을 하는지 도통 모르겠네요."

"뭐 그들도 그들 나름대로의 사고방식이라든가 행동 원리가 있긴 하겠지."

별지장 없는 대답을 하자 그는 쓴웃음을 짓더니 어깨를 으쓱했다.

"실례했습니다."

"아니. 그렇게 생각하는 마음은 이해해."

고개를 숙이고 조금 웃었다. 뭐라 해도 그 생각 때문에 자신은 그런 동쪽 도시에 가게를 차렸으니 말이다. 예전에 행상인으로 일할 무렵에는 저들과 되도록 엮이지 않기 위해서 몹시 애썼다. 그리고 그런 고생을 한 덕분에 자신도 클루도 오랫동안 저들과 상관없는 평온한 나날을 보낼 수 있었는데, 요즘에는 정말이지——

그런 생각을 하던 그때.

"——누구야?"

묘한 시선을 느끼고 고개를 들었다.

시선이 향한 그 순간, 건물 안에서 옷자락과 같은 것이 나부끼다 사라진 듯한 착각은 흥분한 신경이 보여준 걸까.

스푸트니크의 날카로운 목소리에 경비도 쫓아서 그쪽을 보았지만, 그는 위화감을 느끼지 않은 모양이었다. 고개를 갸웃거렸다.

"무슨 일이에요?"

"안에서 누가 보고 있었던 것 같아서."

이쪽을 보고 있는 듯한 느낌이 들었다.

그렇게 대답하자 잡담으로 누그러들었던 그의 표정이 의아하게 일그러졌다.

"이 시간대엔 다른 출입구는 잠겨 있으니 직원이 있다고 해도 이상하진 않지만……."

말하며 안을 들여다보았다.

"으음, 아무도 없는 것 같은데요."

바로 믿지 못하고 스푸트니크도 건물 안을 들여다보았다.

그러나 그곳에는 그가 말한 대로 어느 누구의 모습도 없었고 복도가 단지 이어져 있을 뿐이었다. 바닥에 놓여 있는 발판 소리가 조용한 복도에 슥슥 울려 퍼졌다.

"그렇죠? 실례되는 말이지만 잘못 보신 건 아닐까요?"

"그런가."

이상하네, 라고 생각하면서도 납득하기로 한 것은 어쩌면 있었을지도 모르는 그 존재에 스푸트니크에 대한 악의와 살기는 없었던 것처럼 느껴졌기 때문이다. 만약 위해를 가할 의도가 있었다면 더 빨리 알아차렸을 것이다.

"뭐, 듣는다 해서 곤란한 이야기를 한 건 아니니까."

해가 되지 않는다면 있든 없든 상관없다. 감사 인사를 하고 작별의 의미를 담아서 가볍게 손을 흔들었다. 늦게까지 수고가 많으시네요, 하는 배웅의 말이 묘하게 빈정거리는 것처럼 느껴졌다.

그건 그렇고 뒷문에서 응접실까지는 어떻게 갔더라. 생각해보니 정문에서 응접실로 가는 길은 알고 있지만, 뒤에서 그곳을 가는 것은 처음이었——하지만 행운인지 불행인지 그다지 고민할 필요는 없었다.

복도 건너편에서 불쑥 나타난 사람이 있었기 때문이다.

수상한 사람은 아니었다. 마법사도 아니었다. 그 어느 쪽도 아니지만, 스푸트니크에게 있어서는 '만나고 싶지 않은 사람'이었다.

클루롤에게 심복으로 불린 그 사람. 유키였다.

밤늦게 불려 나왔으니 심사가 분명 뒤틀려 있겠지, 라고 생각하자마자.

그녀는 스푸트니크의 모습을 확인하더니 뛰어오르는 듯한 발걸음으로 종종거리며 다가왔다. 그리고 빙긋이 미소 지으며 고개를 숙였다.

"기다리고 있었습니다, 스푸트니크 님."

들어 올린 얼굴 또한 우울해하지 않고 웃고 있었다──

그러나.

"밤늦게 죄송합니다만, 잠시 면상 좀 빌려주실래요?"

가면이 벗겨지고 있다고 말하려다가 스푸트니크는 꾹 참았다.

"남녀평등사상은 중요한 사고방식이라고 생각해."

"네."

"남자만이라든가 여자만이라는 사고방식은 요즘 같은 세상에 난센스잖아."

"지당하신 말씀입니다."

"그런데 나는 생각해. 남자에게는 '자상함'이 필요하다고. 그렇지 않아?"

"…………."

간사한 목소리로 그녀가 동의를 구했다. 그러나 스푸트니크는 아무 대답도 할 수 없었다.

"대답은?"

이윽고 침묵에 질렸는지 재촉하듯이 그렇게 묻자.

스푸트니크는 쥐어짜내듯이 답했다.

"……참으로 그 말씀이 맞으."

"알고 있으면 이런 밤중에 일하게 하지 말라고, 망할 놈아."

하지만.

실컷 고민해서 뱉은 말마저 더듬거린 것은 그의 머리 위에 유키의 발뒤꿈치가 떨어졌기 때문이다.

——마치 사형대에 올라가는 죄인 같은 심정으로 스푸트니크가 끌려온 곳은 예고대로 상회의 제2응접실이었다. 그는 그곳에서 바닥에 무릎을 꿇고 앉아 있었다.

앉은 장소가 소파가 아닌 것은 자발적인 행동에서 비롯된 것이 결코 아니었다. 응접실에 도착한 후, 스푸트니크가 유키의 건너편에 앉으려고 하자 그녀가 빙긋이 미소 짓더니 "건방진 거 아냐?"라고 한마디 했다.

그녀는 어머 난 몰라, 내가 무슨 소릴 한 거지, 하고 당황한 모습으로 입가에 손을 갖다 댔지만, 그 오른발은 여전히 스푸트니크의 머리 위에 있었다.

"그러니까 말이야, 스푸트니크. 관리담당자로서가 아니라 네 '누나'로서 조언해줄게. 아무리 남녀가 평등하다고 하지만 보호받는다고 해서 싫어할 여자는 없어. 여자를 일하게만 하는 게 아니라 가끔은 자상하게 돌봐주고 지켜주는 것도 필요하니까. 기억해둬. 우후후."

"……네."

"그럼 본론으로 들어가 볼까?"

마침내, 하고.

안도해서 방심한 순간, 정수리에 뒤꿈치 공격을 받아서 그만 정신을 잃을 뻔했다. 하지만 유키는 걱정하기는커녕 "어머나, 재밌는 동작이야" 하고 깔깔대며 웃었다.

"자아, 스푸트니크. 밀대 흉내는 그만 내고 대화를 나누자."

"누구 때문에……."

"이건, 그 사기 사건의 조사서."

머리를 감싸고 웅크리고 있는 스푸트니크의 곁에 종이 두 다발이 떨어졌다.

종이 다발의 두께는 두 배 정도 차이가 났고, 더불어 집게 의 크기도 달랐다. 내용물의 차이가 뭘까 하고 손을 뻗었다.

"어머나. 손으로 줍는구나."

"……넙죽 엎드려서 입으로 넘기기를 바라십니까?"

"농담이 안 통하는 남자는 싫어."

사람을 한없이 바보 취급하는 여자였다.

하지만 다른 누군가가 상대라면 어떨지 모르지만, 지금 상황에서는 상대가 바람직하지 않다. 이 여자에게 무슨 짓을 하면 무사하지 못하는 것은 이쪽이다.

숨을 깊이 내쉬어 모든 것을 포기하고 서류를 집어 들고 는 테이블을 사이에 두고 건너편 소파에 앉았다. 이번에는 유키도 아무 말도 하지 않았다.

종이 다발의 첫 번째 장에 쓰여 있는 글자는 모두 '조사서'였지만, 필적이 달랐다. 얇은 종이 다발의 필적은 처음 보지만, 두께가 있는 쪽은 유키의 것이었다. ——'본성' 쪽이 쓴 것이었다.

"얇은 건 경찰국에서 작성한 거고, 두꺼운 건 내가 작성한 거야."

"두께 차이가 상당하네."

"그야, 경찰국은 어차피 '공적'인 권력 기관이잖아."

무서운 소리를 쉽게 했다. '사적'——앞뒤로 직접 손을 쓰면 이 여자는 경찰국보다도 우수한 것이다.

"그건 그렇고 이 정도 되는 정보를 잘도 모았네. 클루롤 씨가 너한테 말을 꺼낸 건 며칠 전 아니었어? 아니면 더 전에 편지라도 보냈어?"

"아버님한테 이야기를 들은 건 사흘 전이야."

유키는 클루롤을 상회 직원으로서 이야기할 때는 '회장님'으로, 그렇지 않을 때는 '아버님'이라고 불렀다.

"하지만 정보 수집은 좀 더 전부터 시작했어. 거슬렸으니까."

"흐음."

"참고로 아버님한테 '스푸트니크를 도와줘'라는 말을 들은 건 오늘 저녁쯤이고."

"…………흐음."

명백하게 비꼬는 말에 스푸트니크는 단지 모호하게 고개

를 끄덕이는 수밖에 없었다.

대답을 명확하게 하지 않아서 유키의 분노를 또다시 사지 않을까 했지만, 이번에는 운이 좋게도 그렇지 않았다. 그녀는 곁에 놓여 있던 바인더를 들어서 몇 장 넘기며 이야기하기 시작했다.

"피네치카 시에서 최근에 일어난 사기사건인데, '클루롤 보석상회 소속, 페이리 보석점의 점주 페이리'라고 이름을 대고 일 이야기를 꺼내서 고객에게 선불로 돈을 지불하게 하고 납품일에 모습을 감추는 게 범인의 수법이야."

"그런 수상쩍은 보석상에게 선불로 돈을 지불할 마음이 용케도 드나 보네."

"시가로 금화 80닢에서 100닢이 나가는 상품을 50닢으로 해준다고 말하나 봐. 그것도 정식 가게에서 견적서도 뽑은 직후의 사람을 노리고 접근해서 '말씀드리긴 그렇지만, 그 금액은 '바가지'를 쓰신 거네요'라고 말이지. 그러고는 우리 페이리 보석점에서는 같은 상품을 얼마얼마에 해드립니다, 라고 하는 거지."

그녀가 뾰로통하게 말했다.

"게다가 시간을 두지 않고 범행을 반복한 탓에 클루롤 보석상회가 경고할 틈도 없었어."

"그래서 피해가 확대됐다는 거로군."

"그런 거지. 아아, 분해."

유키는 오른손 엄지손톱을 잘근잘근 깨물었다.

엄지손톱을 깨무는 것은 유키가 옛날부터 가지고 있는 습관이다. 나이를 먹어서 재회했을 무렵에는 빈도가 줄어들었기에 교정한 것 같았지만 짜증이 나면 이렇게 재발했다.

유키가 작성했다고 하는 쪽의 서류를 넘겼다. 그 서류에는 범인으로 예상되는 남자의 본명, 이력, 잠복 장소 후보까지도 기록되어 있었다.

"범인은 거의 밝혀진 거네? 검거는 언제 해?"

"내일 아침에 할 예정이야. 이런 패거리는 발이 빨라서 어둠을 틈타 달아나면 번거로워지니까. 그리고…… 그래 그래, 검거는 경찰국에서 해줄 거야. 선의의 시민 신고인지, 익명의 사람의 밀고인지, 내 보고서를 상대가 어떻게 처리할지는 알 수 없지만."

"그럼, 네 일은 이미 끝난 거야?"

"이 일만큼은 경찰이 해야 하니까. 나머지는 경찰이 실수를 저지르지 않도록 뒤에서 손을 쓰는 것 정도랄까. ……그런데 정말, 뒤에서 일하면 지치기만 해. 어디서 스트레스를 풀지 않으면 못 해먹겠어."

휴우, 하고 한숨을 크게 쉬었다. '스트레스'가 자신에게 날아올 확률을 조금이라도 줄이고 싶어서 스푸트니크는 그만 어깨를 움츠렸다.

하지만 유키는 지금 단계에서는 이쪽에 무언가를 할 마음도, 무언가를 해줄 마음도 없는 것 같았다.

"그래서 공교롭게도 난 바빠. 네 안건엔 관여할 여유가 없어."

"윽."

그만 고통스러운 목소리가 나왔다.

동생의 비참한 신음소리에 누나의 미간이 일그러졌다.

"한 가지 묻고 싶은데. 현재 상황에서 너한테 대체 무슨 문제가 있다는 거야?"

이 여자가 그런 식으로 말하면 문제가 전혀 없는 것처럼도 느껴지지——만.

창문을 보았다. 커튼이 쳐져 있는 탓에 밖을 볼 수는 없었지만, 날이 여전히 새지 않았다는 사실만큼은 명확했다.

"약혼반지를…… 내일 점심때까지 만들기로 했어."

"뭐어?"

나지막하게 답하자 알아듣지 못했는지 유키가 몸을 조금 앞으로 내밀었다.

그것을 좋은 기회라고 생각해서 스푸트니크는 강한 어조로 계속 말했다. 그 사기꾼을 대신해서 반지를 제작하도록 부탁받았던 것, 기한이 내일…… 정확하게는 오늘 점심까지라는 것. 전부 이야기하고 증거로 가방 안에서 디자인 서류 몇 장을 꺼내 보여주었다.

이야기를 전부 다 들은 유키의 모습은 아까 전에 클루가 지은 표정과 아주 비슷했다.

눈을 크게 뜨고 입을 벌린 후 많이 놀랐는지 이상한 목소리로 말했다.

"바보 아냐?"

"알고 있어. 나도 무리라고 생각했는데 무슨 말을 해도 그쪽이 물러서지 않는 거야. 그래서 결국."

"그게 아니라."

변명을 하는 듯한 심정으로 답하는 스푸트니크를 유키는 가로막았다. 그게 아니라니?

이어지는 말을 기다렸지만, 그녀는 흔치않게 말을 잇지 못했다.

"그게 아니라…… 뭐라고 해야 하지…….."

그것도 아니고, 이것도 아닌데, 라고 찡그린 미간에 손가락을 갖다 대고 끙끙댔다.

"……그래. 너 그렇게 바보였어?"

그녀는 말투를 바꿨을 뿐이었다. ──아니.

주어가 확정되었다. 고객이 아니라, '스푸트니크'로.

"거절할 수가 없어. 클루롤 씨의 부탁이었으니까."

유키에게 있어서 절대적인 권력자가 내린 결정이라고 말하면, 그의 이름을 꺼내면, 역시 그녀도 반론할 수 없겠지. 그렇게 생각해서 발언했지만, 예상은 빗나갔다.

렌즈 너머로 눈을 가늘게 뜨고 바로 믿기 힘들다는 모습으로,

"아버님이 말했어? '그의 반지를 만들어주라'고? 확실히?"

고개를 끄덕였지만, 그 말과는 조금 어긋난다는 사실을 깨닫고 고개를 가로저었다.

자신이 들은 말을 일언일구 정확하게 전해주었다.

"아니. '저 사람의 이야기를 들어주게. 어떻게든 해주게' 라고."

그러자 그녀는 한순간 침묵한 후.

아무 말도 하지 않고 빙긋이 웃었다.

그리고 드물게도 아주 순수하고 측은지심마저 느껴지는 표정으로.

"……어?"

놀라는 스푸트니크에게 그녀는 단지 확실하게 말했다.

정말이지 단적으로 어떤 아이라도 알아듣기 쉬운 그 한마디를.

"스푸트니크는 바아아아아보오오오."

그 말은 참으로 이해하기 쉬운 악의와 적의의 결정체였다.

"바보, 바보, 바아아아보."

"뭐가 말이야."

그녀가 소리 없이 웃으면서 매도하자 스푸트니크는 참지 못하고 그만 자리에서 일어나 외쳤다.

뭔가 생각나는 게 있으면 얼른 말해주면 좋을 텐데——짓궂은 이 여자가 마침내 다른 말을 뱉은 것은 그를 실컷 자극한 후였다.

그리고 그 말 또한 사람을 바보 취급하는 것이었다.

"바보니까 바보라고 하는 거야. 그 말은 즉, 결국 아무것도 모른다는 거잖아."

"아무것도……?"

"이번 일의 일련의 흐름 속에. 뭔가 이상한 점, 없어?"

이상한 점.

──이번 건을 가리켜 스푸트니크에게 그렇게 말한 사람은 유키가 처음이 아니었다.

"쿠도 그런 말을 했어."

"응?"

"'뭔가 이상하다'고 쿠가 말했어."

밤이 찾아온 방에서 의아한 듯이 고개를 갸웃거리던 종업원의 모습을 떠올렸다. 위화감의 원인은 결국 판명되지 않았기 때문에 단순히 그녀의 기분 탓이라고 흘려버렸지만, 확실히 들어두어야 했었나. ──이제 와서 후회해봤자 늦었지만 말이다.

유키는 그 말을 듣고 양손을 뺨에 대고 놀란 듯이 "어머나" 하고 말했다.

"굉장해, 쿠는 천잰가? 나도 알아차리기 힘들었는데, 그렇게 쉽게 알아차리다니, 쿠는 천재? 천재야? 역시 쿠, 천재적으로 귀여운 데다 천재였다니."

"너도 힘들었어?"

"이 몸이 이 정도 되는 일로 고민할 리가 없잖아, 바보야. 쓸데없는 소리 할 여유가 있으면 얼른 알아채라고. 내 시간은 유한하니까. 뇌세포가 멸종한 너와는 달리 말이지."

"…………."

잘도 이렇게 숨 쉬듯이 미운 말이 샘솟는구나.

그러나 이만큼이나 했으니 속을 슬슬 후련하게 해주지 않으면 이쪽의 위가 버티지 못할 것 같았다.

"이제 됐잖아. 적당히 하고 답이나 가르쳐줘."

양손을 올리고 항복 자세를 취했다.

하지만 그런데도 그녀는 고개를 끄덕이지 않았다. 그녀가 화가 난 가장 큰 이유를 스푸트니크는 깨닫지 못했기 때문이다.

"싫어."

"왜?"

"그야, 너 나한테 숨기는 거 있잖아."

──대답할 말을 잃었다.

무슨 말인지 알아차리지 못할 만큼 그는 어리석지 않았다. 그러나 시치미를 뗀다 한들 이 여자에게는 통하지 않는다는 사실도 알고 있었다. 마법소녀──그 변태 마법사에 대한 것이었다.

그런 스푸트니크에게 자신의 뜻대로 되었다는 양 그녀는 비웃었다.

"뭘 숨기고 싶은지는 모르지만, 뭔가를 숨기려고 한다는 것 정도는 알고 있어. 까먹고 있었다고 말하면 될 거라고 생각했지? 네 능글맞은 생각이 나한테 통할 거라고 생각해?"

"말할게. 말하면 되잖아. 사실은──."

"이미 늦었어."

그런 변태에게 의리를 지키기 위해서 이 여자를 적으로 돌리고 싶지는 않았다. 그래서 서둘러 말했지만, 그녀는 고개를 좌우로 흔들었다. 그리고 이쪽의 손을 잡고,

"그야, 나, 화가 났는걸. 우훗."

상당히 가벼운 그 말투와는 정반대로 그녀의 손톱은 스푸트니크의 손등으로 파고들었다. 고통과 더불어 마음속에서 우러나오는 감정은 단 한 가지였다──무섭다.

이대로 이야기를 이어가는 것은 좋은 방법이 아니라고 생각한 스푸트니크는 화제의 방향을 바꾸기로 했다.

"……알겠어. 이 일에 관해서는 이제 너한테 의지 안 할게."

"후훗?"

"다만 다른 걸 가르쳐줬으면 해."

그렇게 말하자 그녀는 흥미진진한 것을 봤다는 양 고개를 갸웃거렸다.

"뭘까."

"마법사에 대한 거야."

그러나 이어진 말 때문에 아니나 다를까 마법사를 싫어하는 유키의 표정이 흐려졌다. 그녀의 심기가 완전히 불편해지기 전에 스푸트니크는 서둘러 말했다.

"조금 전에 뒷문에서 마법사 세 사람과 마주쳤어."

"이 부근에 마법사는 드물지 않아."

"날 신경 쓰고 있는 것 같았어."

"미남은 힘든 법이네."

"난 농담하는 게 아니야."

항의하자 히죽히죽 웃는 짓궂은 웃음이 돌아왔다. 마치 거울을 보는 기분이 들었지만, 그건 착각이다. 이 웃음을 지을 수 있게 되기까지 자신은 몇 년이나 되는 시간이 필요했다.

후우, 하고 숨을 짧게 내뱉고 나서 유키는 턱에 손을 갖다 댔다. 다리를 다시 꼬고 허공을 올려다보았다.

"그러고 보니 네가 그 남자를 제압하는 현장에도 있었네."

"누가?"

"눈치 못 챘어? 구경꾼 안에 로브를 입은 삼인조가 있었어."

오른손 검지, 중지, 약지를 세워서 유키는 말했다. 직후에 "그곳에 있던 사람과 네가 만난 사람이 같을지는 모르지만" 하고 덧붙였다. 하지만.

등줄기가 서늘해졌다.

제압한 그때 누군가가 자신의 이름을 불렀던 것을 스푸트니크는 잊지 않았다. 주변을 둘러봐도 아는 얼굴이 없었기 때문에 찾기를 포기했지만, 만약 그 삼인조였다면——마법사였다면.

"왜 그래?"

같은 잘못을 반복하고 싶지는 않았다.

숨기고 있었던 게 아니다, 이건 사실 잊고 있었다고 처음에 말하고 스푸트니크는 그때 들은 목소리를 그녀에게 말했다.

잊고 있었을 뿐이라는 사실을 믿어줄지 불안했지만, 그녀 정도나 되는 사람이 그 사실을 잘못 이해할 리는 없었다.

"네 이름을 아는 마법사란 말이네? 뭐, 네 얼굴이 반반해서 나름대로 유명하기는 하지만 말이야. 속물인 마법사도 있을지 모르고."

"그런 게 있을까. 마법사한테도."

"잘은 모르지만, 마법사도 십인십색이잖아, 있다고 해도 이상하지 않지 않아? ……다만, 그렇지 않다고 한다면."

미간을 찡그리고 으음, 하고 정말 곤란한 듯한 소리를 내며 끙끙댔다. 무엇이든 꿰뚫어 보는 유키로서는 드문 일이었다.

그녀는 잠시 고민한 후에 무척이나 자연스레 중얼거렸다. 그러나 스푸트니크가 전혀 예측하지 못했던 소리였다.

"코쿠디에 부지부장이 뭔가 실수라도 한 건가?"

한순간 그 이름이 가진 의미를 이해할 수 없었다. ──아니. 설마 이 이야기의 흐름에서, 그녀의 입에서 그 인물의 이름이 나올 줄이야!

"유키. 너, 내가 지금도 그 사람과 연락하고 있다는 걸──."

"그야, 당연히 알지."

소파에서 그만 엉거주춤 일어난 스푸트니크에게 그녀는 정말이지 당연하다는 듯이 말했다.

숨기고 있었던 사실을 그녀가 완전히 꿰뚫어 보고 있어서 스푸트니크는 어깨를 축 늘어뜨렸다. 손등의 손톱자국에서 뜨거운 고통이 느껴졌다.

"네 주제에 나한테 뭔가 숨기려고 한다는 게 열 받아. 저기, 쇼아량이었던가?"

하지만 그녀는 스푸트니크의 감정은 깨끗이 받아 넘기고 이야기를 이어갔다.

과연 그녀 또한 서남대륙의 이름은 말하기 힘든지 그 자신이 말한 정식 이름과는 발음이 조금 달랐다. 하지만 누구를 가리키는지는 알 수 있었다. 소아란이라고 이름을 댄 변태였다.

"걔랑 아는 사이야?"

"난 알고 있지만, 상대는 상회에서 일하는 일개 직원은 모르지 않을까."

클루롤 보석상회의 사무원은 귀엽다――언젠가 그 남자를 만났을 때, 음흉하게 웃는 얼굴로 그런 실없는 소리를 했던 것을 떠올렸다. 접수 일이라면 그렇다 쳐도, 관리 일은 기본적으로 뒤에서 일한다. 하지만 그녀를 '스푸트니크 보석점'의 관리담당자로서 알고 있을 가능성은 있다. 특히 '그 스톤'의 제작자라는 사실을 아는 현 상황에서는 녀석의 흥미를 끌었다 해도 이상하지 않다. '상대는 상회에서 일하는 일개 직원은 모른다'는 유키의 그 추측이 사실인지, 아니면 그녀의 자만심에서 나온 말인지 스푸트니크로서는 알 수 없었다.

"걔에 관해 얼마나 알고 있어?"

"음, 잠깐만. ……여기 있네. 저기, 개인적인 이미지도 포함되지만."

서류를 테이블 위에 놓고 주머니에서 검은 수첩을 꺼냈다. 플래그잇 하나를 잡아당겨 페이지를 펼치더니 쓰여 있는 내용을 소리 내 읽었다.

"마녀협회 코쿠디에 지부 부지부장. 서남대륙 출신. 양친과는 유년기에 생이별하여 협회 간부들의 손에서 교육을 받았다. 잠재 마력, 능력 모두 높고 남성 마법사임에도 나름대로 직위를 가지고 있지만, 그런 만큼 적도 많다. 불상사가 일어나기를 만반의 준비를 하고 기다리는 무리도 많은 것 같네…… 약혼자와는 사고로 사별하고, 그 후 남녀 관계에 대한 소문은 하나도 없다. 하지만 이렇게 고지식하고 성실한 사람일수록 사실은 변태스러운 취미를 가지고 있을 법하지."

"…………."

마지막 말을 듣고 무언가 말하려고 했지만, 간신히 멈췄다. 그 탓에 발생한 무언(無言)을 의심받고 싶지 않아서 한 가지 궁금했던 점을 물었다.

"그거, 정말 사고일까?"

"응?"

"약혼자 말이야. 정말 사고로 죽었을까?"

그러자 유키의 눈이 정탐하듯이 그를 살펴보았다.

하지만 이 물음에는 아무런 속뜻도 없었다. 그 사실을 깨달았는지 유키는 그 시선을 바로 거두었다. 그리고 수첩을 다시 몇 장인가 넘겼다.

"약혼자의 사인 말이야? 조사 안 했는데 궁금해? 친구의 과거가?"

"그런 녀석, 친구 아니거든?"

상대가 군이 이렇게 나온다면 인정할 필요는 없겠지.

"……그리고 마법소녀의 정체도 알아?"

"글쎄."

빙긋이 웃는 웃음은 모든 것을 꿰뚫어 보고 나오는 것일까, 아니면 단순한 허세일까.

과연 그 남자와 이 여자, 어느 쪽이 정보전에서 우위에 있을까. 그런 생각도 했지만, 지금의 스푸트니크가 그것을 저울에 재기에는 추가 조금 부족했다.

마법사에 대한 일, 현재 상황. 모두 답이 나오지 않아서 스푸트니크는 서류를 넘기며 끙끙댔다.

깊어지는 밤과 더불어 눈이 몽롱해지는 동생을 차마 볼 수 없었는지 이윽고 유키는 난처하게 웃으며 "못 말린다니까" 하고 말했다.

"뭐, 여기서 너무 고민해도 소용없으니까. 자료실에라도 가볼래? 장소가 바뀌면 기분 전환이 될지도 모르잖아. 최근에 괜찮은 책이 몇 권 들어오기도 했고 말이야."

"……그건 그러네."

그가 답하자 그녀는 기쁜 듯이 웃으며 일어섰다. 뭐가 그렇게 기쁜지 의아했지만, 곧바로 짐작이 갔다. 그러고 보니 이 여자는 옛날부터 독서를 좋아했다.

유키의 권유에 방을 나가서 복도를 걸었다. 자료실은 같은 라인에 있어서 그다지 멀지는 않았다. 방 두 개 옆, 복도를 끼고 건너편에 자리한 공간. 크기는 나란히 놓인 응접실 세 개를 뚫은 정도일까. 지하에 서고가 있어서 오래된 책은 그곳에 보관되어 있었다.

"새 책, 벌써 읽었어?"

"조금. 장식품 세계도 기술적으로 놀라울 만큼 진보하는 것 같아. 잠시라도 공부하지 않으면 바로 모르는 기술이 보급돼 있으니 가볍게 볼 수가 없어."

"최근에 본 책 중에 기억에 남는 건 뭐야?"

"로듐 도금 기술이려나. 그러고 보니 근처 공방에서 새로운 기재를 사들였다던데"

"그렇구나."

'자료실'이라는 팻말이 달린 문 앞에 도착하자 유키가 주머니에서 열쇠를 꺼냈다. 그리고 열쇠를 꽂아서 돌렸다. 문을 열자 책 특유의 시큼한 냄새가 코를 찔렀다.

"넌 옛날부터 책을 좋아했지? 그리고 보석도."

불을 하나하나 손수 붙여나가는 유키의 등을 향해서 말했다. 하지만 그녀는 그 말에 돌아보더니 신기하다는 듯이 고개를 갸웃거렸다.

"그 무렵에는 밖에서 자주 뛰어놀았던 것 같은데. 그런데 내가 보석을 그렇게 좋아했었나?"

"마지막에 만났을 때 네가 나한테 줬잖아. '처음 만나는 보석'."

"……그랬었나?"

정말 기억을 못하는 건지, 시미치를 떼는 건지.

얼마 전에 보석 공부를 하고 싶다던 클루에게 빌려준 책. 그 책은 스푸트니크가 어릴 적 그녀에게 받은 것이었다. 친부모를 잃고 먼 친척 집에 양자로 가게 된 그녀가 변덕스럽게 스푸트니크에게 준 것.

결국 버리지 못한 채 이 나이가 되어버렸다.

"네가 하도 울어서 시끄러우니까 뭔가를 줬다는 건 기억하지만."

"안 울었거든?"

완전히 기억 착오였다.

"그 책 때문에 난 보석상 따위가 돼버렸지."

"그럼, 지금의 네가 있는 건 내 덕분이란 건가. 감사의 뜻을 표해도 좋아. 주로 금전으로 말이지."

"무슨 소리야."

어깨 너머로 돌아보고 이상한 웃음을 지으며 검지와 엄지로 원을 만드는 유키에게 한마디 내뱉었다.

수많은 책 더미. 그녀가 말한 대로 이곳에 모여 있는 것은 보석에 관한 업무를 생업으로 삼은 인간에게 상당히 귀중한 자료뿐이었지만, 지금의 스푸트니크는 그 무엇도 읽을 마음이 들지 않았다. 답을 찾지 못해 마음이 조급할 때는 아무리 좋은 책을 읽어도 그다지 유익하지 않다는 사실을 충분히 알고 있었기 때문이다.

의자를 잡아끌어서 앉으며 이런저런 생각을 했다. 옛날 일에 대한 생각, 그녀에게 받은 책에 대한 생각.

팔꿈치를 괴어 턱을 받치며 스푸트니크는 불쑥 물었다.

"그 책 돌려줄까?"

"이제 와서 필요 없어. 있어도 읽지도 않을 거고. 필요 없으면 버려."

"아니, 좀 쓰고 있어."

"쓴다고? 뭐에? 냄비받침으로?"

"그럴 리가 없잖아. ……쿠가 보석 공부가 하고 싶다고 해서 빌려줬어."

아무래도 그 대답이 의외였나 보다. 책등에 닿아 있던 유키의 손이 갑자기 멈췄다. 돌아본 얼굴이 명백하게 놀라움을 나타내고 있어서 스푸트니크는 그만 쓴웃음을 지었다.

"잠시 보여줬더니 마음에 들었는지 다음번엔 뒷 권도 빌려달라고 하더라고."

"……그렇구나. 도움이 됐다니 다행이야."

책장에서 꺼낸 책으로 시선을 떨어뜨리며 그녀는 말했다. 그 모습은 무언가를 감추려는 것처럼도 보였지만, 어떤 의미를 가지고 있는지 스푸트니크는 알 수 없었다. 그녀의 행동에 담긴 의미를 모두 꿰뚫어 보려는 것은 자신에 있어서 여전히 무거운 짐처럼 느껴졌다.

"나한테 그 책을 준 건 널 데려가는 사람이…… 보석상회장인 클루롤 씨라는 사실을 은근히 나타내기 위해서가 아냐?"

"아냐. 우연이야."

재회한 유키는 보석상회장의 딸로서 살아가고 있었다. 그래서 그녀가 떠날 때 자신에게 보석 책을 맡긴 거라고, 자신이 그곳에 있다는 무언의 메시지를 전한 거라고, 스푸트니크는 그렇게 철석같이 믿고 있었다.

그러나 그녀는 시원스럽고 명확하게 고개를 가로저었다.

그 말이 어디까지 진짜인지 스푸트니크는 짐작이 가지 않았다. 다만 그럼에도.

"하지만 난 이곳에 오면 널 다시 만날 수 있을 것 같다는 느낌이 들었어."

"맘에도 없는 소리 하기는."

드물게도 본심을 말했는데 뭐가 마음에 안 들었는지 유키는 몹시 화가 난 듯이 한숨을 쉬었다.

그녀는 책을 끌어안으며 정말이지 기가 막힌다는 양 고개를 저었다.

"지금이니 하는 소리지만, 나도 신규 관리 회원으로 널 소개받았을 땐 정말 놀랐어. 그런데 넌 태연하게 '클루롤 보석상회 소속, 스푸트니크 보석점의 점주 스푸트니크입니다.

잘 부탁드립니다'라고 말했었지."

타인의 입에서 자신의 통성명을 들을 기회는 그리 없다. 그녀의 말에 스푸트니크는 조금 불편함을 느꼈고——

……?

갑자기 무언가.

뭐지.

마음속에 조금 걸리는 게 있었다.

하지만 유키는 스푸트니크의 변화를 알아차리지 못했는지, 아니면 무시하기로 했는지 토라진 모습으로 말을 이어갔다.

"얼굴을 마주했을 때 날 알아보지도 못했잖아."

"……본성을 그렇게나 숨기고 있는 데다 이름마저 다르면 많이 닮은 타인이라고 생각하지. 오랫동안 못 만나기도 했고——아니, 그것보다. 잠깐만."

"왜. 무슨 일이야?"

유키의 물음에 답하는 시간도 아까웠다. 쓸데없는 말을 해버리면 그 단서가 순식간에 사라져버릴 것 같은 기분이 들었다.

그 무렵의 이야기를 꺼낸 건 그쪽인 주제에, 하고 불만을 부리면서도 그녀는 입을 다물어주었다. 조용해진 자료실에서 스푸트니크는 그녀가 만든 '조사서'를 가방에서 꺼내 넘겼다.

——있다.

"………….."

서류에는 확실히 그렇게 쓰여 있었다.

게다가.

"저기, 유키."

"왜?"

"너, 뭔가 믿는 거 있어?"

생뚱맞은 이야기라고 생각했는지 그녀는 의아한 듯이 눈을 깜박였다.

"갑자기 왜? 시조님 이야기야? 향신료로 사용하면 맛있다는 건 믿는데(시조를 뜻하는 일본어 시소와 일본식 깻잎인 시소의 일본어 음이 같다)?"

"녀석들이 믿는 건 채소인 시소가 아니잖아. ……그리고 마법사 이야길 하는 게 아니야. 신앙이라고 말하면 요란스럽게 들리겠지만, 너도 징크스 같은 게 있나 해서."

"그야 누구에게든 있겠지. 달걀을 깼을 때 노른자가 두 개면 '오늘은 운이 좋겠다'는 생각이 들기도 하고, 예고 없이 컵이 깨지면 불길한 기분이 들기도 하고――."

그러자 그쯤에서.

그녀는 말을 멈추었다.

잠시 생각한 후, 눈을 가늘게 뜨고 입술을 끌어올렸다. 그녀 또한 스푸트니크가 무슨 말을 하고 싶어 하는지 알아차린 모양이었다. 보는 자의 등줄기를 핥는 듯한 웃음이었다.

"한 가지 묻고 싶어."

"뭔데?"

"모방범이 있을 확률은 얼마나 될까?"

"1퍼센트 정도려나?"

"그럼."

"'한 가지 묻고 싶어'라고 했잖아?"

그렇다 하더라도 그런 웃음을 짓는 것으로 보아 스푸트니크의 추측은 틀리지 않은 모양이었다. 하지만.

스푸트니크는 팔짱을 끼고 인상을 찌푸렸다.

"그런데 증거가 없어."

"없으면 만들면 되지."

"만든다…… 만든다는 거지."

"어머 뭐야. 만드는 사람이 만드는 걸 싫어하면 안 되지."

떨떠름해하는 그에게 유키는 굽 소리를 내며 걸어오더니 가지고 있던 책으로 스푸트니크의 머리를 가볍게 쳤다. 그 책의 내용은——

"약혼반지 제작, 말이야. 네 실력을 아니까 가공 기술 쪽은 걱정 안 해. 그렇다면 곤란한 건 스톤과 플래티넘을 입수하는 일이 아니겠어? 특히 플래티넘은 희귀한 금속이니 단 하룻밤 만에 손에 넣을 순 없겠지."

허가 찔려 대답할 말을 잃고 스푸트니크는 뾰로통해졌다.

그 모습을 보고 유키는 큭, 하고 짧게 웃었다.

"없다면 만들 거야. 당연하잖아?"

"……그럴 수밖에 없나?"

솟구친 감정은 결의와 포기, 어느 쪽과도 비슷한 동시에 어느 쪽과도 달랐다.

"두뇌 노동, 맡아줄 거야? 이 머리로는 도저히 무리야."

"'부탁드립니다, 누님'이라고 하면?"

"⋯⋯⋯⋯⋯⋯부탁드립니다, 누님."

피를 토하는 심정으로 부탁했다. 자신이 고개를 숙이는 것을 싫어하는 이유는 아마도 유년기 시절에 있었던 이 여자와의 추억 때문일 것이라고 생각하며.

벌레라도 씹은 듯한 동생의 표정. 그 모습을 보고 그녀는 만족스럽게 고개를 끄덕이고 나서 고개를 갸웃거렸다.

"알겠어. 다른 건 가능해?"

우문이라고 생각했다.

즐거운 듯한 유키를 올려다보고 스푸트니크는 웃어 보였다. 그 얼굴에──이 여자가 종종 짓는 그 심술궂은 웃음과도 흡사한 표정을 지어 보였다.

"맡겨둬."

머리는 잠기운에 몽롱해도 손이, 손가락이 기억하고 있었다.

4

아침 햇살에 눈을 떠도 역시 그곳에 스푸트니크는 없었다.

151

같은 침대에 길게 누운 헝겊인형의 눈동자는 아침 햇빛을 받아 반짝반짝 빛나서 마치 눈물을 글썽이는 것처럼 보였다.

그 슬픈 눈을 어떻게든 위로하고 싶어서 클루는 헝겊인형을 들어 올리더니 단단히 꼬옥 끌어안았다.

"……좋은 아침이야."

*

처음 방문하는 장소에서는 언제나 긴장되는 법이다.

혼자라면 특히 그렇다.

"저기, 저기요."

그 건물의 '접수처'는 입구 바로 근처에 있었다.

꽃병에서 감도는 달콤한 향기. 익숙하지 않은 향기에 가슴이 콩닥거릴 만큼 긴장감을 느끼며 클루는 접수처에 앉아 있는 두 여성을 향해 신분과 방문 이유를 말했다.

"스푸트니크 보석점의 스푸트니크는 이곳에 있나요? 전, 종업원인 클루라고 합니다. 아침을 가지고 왔어요."

그렇다.

방에서 혼자 기다리기에 지친 클루가 떠올린 생각은 '스푸트니크에게 식사를 가져다주는 것'이었다.

관리담당자에게 인사도 하지 못했고, 제일 중요한 순간에 보석도 토해내지 못했다. 이래서는 피네치카에 종업원으로서 따라온 의미가 없기에 슬슬 명예 회복을 하고 싶었다.

밤새도록 일했다면 분명 제대로 된 식사를 하지 못했을 것이다. 그렇게 생각해서 숙소 사람을 붙잡아서 도시락을 만들어줄 수 있는지 물었더니, 그들은 흔쾌히 고개를 끄덕이고 부탁을 받아들여주었다.

커다란 바구니에 갓 구운 빵 여러 종류와 생햄과 치즈, 포테이토와 스크램블드에그, 아삭아삭한 샐러드가 가득 채워졌다. ……피클은 싫어해서 거절했지만 말이다. 게다가 따뜻한 수프를 담은 물병도 곁들여서 주었다.

스푸트니크가 클루에게 숙소에서 나오지 말라고 엄명을 내리고 갔지만, 합당한 이유가 있으면 그도 용납해줄 것이다. 그리고 이 '식사'는 분명 명백한 이유가 될 것이다.

신분증이 없으니 적어도 방문 이유만이라도 믿어달라고 끌어안고 온 바구니와 물병을 접수처에 내밀었다. 그런 그녀를 보고 접수원 아가씨 두 사람은 눈을 가늘게 뜨고 미소지었다.

"스푸트니크 보석점 종업원인 클루 님이시군요. 조회해드릴 테니 잠시 기다려주세요."

한 사람이 안쪽으로 향하더니 잠시 후 돌아왔다. 그녀는 접수 카운터 안쪽에서 그대로 나오더니 클루의 바로 앞에 서서 고개를 깊이 숙여 인사했다.

"오래 기다리셨습니다. 스푸트니크 보석점의 클루 님, 확실히 확인했습니다. 스푸트니크 님께선 가공실을 이용하고 계시니 그쪽까지 안내해드리겠습니다."

"감사합니다."

접수원 아가씨를 앞세워서 복도를 걸었다. "무겁죠?" 하고 그녀가 바구니를 옮겨다주었다. 숙소에서 이곳까지 운반해 온 탓에 손바닥이 이미 새빨개져 있었기 때문에 그 제안에 진심으로 감사한 마음이 들었다.

그리하여 안내받은 곳은 2층의 한 공간으로, 방 이름은 '가공실'이었다.

문손잡이에는 '이용 중'이라는 팻말이 흔들리고 있었다.

──이 안에 그가 있다.

"이쪽입니다. 용건이 있으시면 접수처에 알려주십시오."

"네. 정말 감사합니다. 저희가 여러모로 신세를 지네요."

거듭해서 감사를 표하자 그녀는 상냥하게 미소 짓더니 바구니를 건네주었다.

조급한 마음을 억누르며 방으로 들어갔다. 그러자 스푸트니크 보석점의 보석가공실과 비슷한 냄새가 코에 닿았다. 희미한 빛이 비쳐드는 창가에서 미세한 먼지가 빛나며 떠다니고 있었다.

바닥에 흩어져 있는 대량의 용지는 어젯밤에 봤던 것과 같았다. 스푸트니크가 의뢰인에게 부탁받은 반지 디자인이었다. 맨 처음에 어떤 사기꾼에게 주문한 것을, 그 남자를 대신해서 이튿날──즉 오늘이다──점심까지 완전 똑같이 만들어달라고 피해자인 남성에게 의뢰받았다고 한다.

하지만 물건은 과연 제시간에 완성됐을까?

도구 몇 가지가 굴러다니고 있었지만, 완성품은 보이지 않았다. 책상 가장자리에 난잡하게 개켜져 있는 헝겊 덩어리는 그가 입고 있던 재킷인 듯했다.

그리고 방 안에는 스푸트니크 본인의 모습도 보이지 않았다.

어딘가에 나간 걸까. 물건을 건네주러 간 걸까? 그런 것치고 방문은 잠겨 있지 않았고 상의도 이곳에 내팽개쳐져 있었다. 상의 가슴에 꽂혀 있는 핀은 분명 보석상으로서의 신분을 나타낸다고 말했었기에, 도둑맞아서는 안 되는 물건이었다. 그런데도 문을 잠그지 않고 방을 비우다니, 너무 조심성이 없는 게 아닐까.

용지를 밟지 않도록 조심하며 방 안으로 걸어가기 시작했다.

──책상 뒤에서 음냐, 하는 소리가 났다.

들여다보니 익숙한 검정이 우선 눈에 들어왔다.

"……있다."

나란히 놓은 의자 두 개 위에서 스푸트니크가 누워 자고 있었다. 들린 것은 그가 코를 고는 소리였던 모양이다.

어젯밤에 몹시 고생한 탓인지, 아니면 무언가에 안심한 탓인지, 자신보다 몇 살이나 연상인 그의 자는 얼굴이 어째서인지 오늘만큼은 무척이나 무방비하고 풋풋해 보였다.

"수고하셨어요."

수고했다는 말과 더불어 뺨을 어루만졌다. 기분 탓인지

몰라도 그의 입술이 움직여서 아주 살짝 웃음 지은 것처럼 보였다.

가슴이 살짝 두근거렸다.

그녀가 본 그 표정이 착각이 아니라면 기쁠 텐데, 라고 생각했을 때 그의 가슴 위에 놓인 한쪽 손이 움직였다.

여전히 상처가 많은 울퉁불퉁한 손. 손등에는 급한 위기 상황에서 제작하느라 손을 잘못 놀린 탓에 새로운 상처 자국이 몇 군데——아니.

……손톱자국?

어떻게 봐도 아무리 생각해도 보석 가공 작업으로는 생기지 않을 형태의 상처 자국이 점점이 나 있었다. 클루가 미간을 찡그린 순간, 스푸트니크의 손이 느릿느릿 움직여서 그녀의 손끝에 닿았다.

스푸트니크의 입이 우물우물 움직였다.

그리고 중얼거린 말은,

"……뭐야, 아코…… 나 아직 자고 있잖아……."

누군가와 착각했는지 클루가 모르는 여자의 이름을 불렀다.

손톱자국과 모르는 여자와 잠이 모자란 그. 더불어 의뢰받은 물건은 방 안 어디에서도 찾을 수 없었다.

스푸트니크의 손등에 난 손톱자국을 만졌다. 빨갛게 부은 그 상처는 여전히 새로웠다.

——그 상황에서 도출되는 결론은.

"응······?"

그때 그가 작게 신음했다. 아무래도 잠에서 깬 모양인지 눈을 떴다.

스푸트니크는 주변을 둘러본 후, 클루의 존재를 깨닫고 "네가 왜 여기에 있어?" 하고 자고 일어난 목소리로 말했다. 하지만 클루는 그 물음에 대답하지 않았다. 떨리는 양손을 꼭 쥐고만 있었다.

이쪽은 밤새도록 그에게 도움이 되고 싶다고, 어떻게 하면 그에게 도움이 될 수 있을지를 고민했는데 그는 그사이에 여자와 밀회를 즐겼다는 건가!

그리고 숨을 크게 들이마시고——몸이 뒤로 젖혀질 만큼 들이마시고——폐가 파열되지 않을까 싶을 만큼 들이마시고——그리고.

목소리를 실어서 날카롭게 단숨에 뱉었다.

"쿠는!"

"깜짝이야!"

느닷없이 내뱉은 목소리가 이렇게 클 줄은, 말한 클루 자신도 예상하지 못했다. 자신도 그랬으니 그 목소리를 아주 가까운 거리에서 들은 스푸트니크는 더욱 놀랐겠지.

클루는 그를 딱 노려보았다.

"쿠, 걱정 많이 했어요! 밤새도록 일하느라 힘들겠다고, 무리하는 건 아닌가 하고, 쿠는 아무것도 해줄 수가 없어서, 쿠는, 쿠는 방에서 혼자 많이 걱정했어요! 그런데, 그, 그런데…… 스푸트니크는 또, 여, 여자랑…….”

그런데.

——아니야.

클루의 마음속에서 누군가가 말했다.

그에게 도움이 되지 않는 자신이 어째서 그를 비난할 수 있겠는가. 도착하자마자 앓아눕고 정작 제일 중요한 순간에는 보석을 토해내지 못하는 바람에 그의 일을 하나도 돕지 못했다. 그가 하룻밤 놀았다고 해서 어떻게 그를 비난할 수 있겠는가?

솟구친 마음에 가슴이 꼭 조여들었다.

이쪽이 고민하는 동안에 여자와 열심히 논 그에게 분노를 느꼈다. 아무것도 하지 못한 자신에게 분해서 눈물이 뚝뚝 흘러넘쳤다. ——그런데도.

자신의 마음은 어쩜 이렇게 제멋대로일까.

“쿠는…….”

계속 만나지 못하다가 마침내 보게 된 너무 좋아하는 사람의 모습에 안도감을 느끼지 않을 수 없었다.

분노와 슬픔과 안도. 순식간에 흘러넘치는 감정에 자신이 무슨 말을 하는지도 알 수 없어졌다. 그런데도 클루는 생각했다. 자신은 이곳에 뭘 하러 온 걸까?

자신은 이곳에 화를 내러 온 것이 아니다. 어리광을 부리러 온 것도 아니다.

그를 돕기 위해서 온 것이다.

클루는 숨을 들이쉬고, 어떻게든 웃음을 지었다.

"쿠…… 아침밥, 가지고 왔어요."

바구니를 가리키며 말했다.

"스푸트니크가 배가 고프지 않을까…… 춥지 않을까, 혼자 외롭지 않을까 해서…… 쿠가 할 수 있는 일이 없나 방에서 많이 많이 생각했어요."

그러자 스푸트니크는 놀라서 숨을 멈춘 것처럼 보였다.

잠을 자지 못하고 여성 관계를 비난받았기에, 평소라면 클루를 매정하게 대할 테지만 오늘만큼은 그러지 않았다.

그는 손톱자국이 남은 손을 클루의 머리에 갖다 댄 후, 어째서인지 진지하게,

"……그랬구나. 날 걱정해줬구나."

한숨처럼 중얼거렸다.

스푸트니크의 손이 클루의 왼쪽 귀에 조금 닿았다. 그는 손가락을 내밀어서 클루의 머리카락을 천천히 쓸어내렸다.

그의 동작이 클루의 가슴을 꼬옥 움츠러들게 했다. 단 하룻밤 동안 만나지 못했을 뿐이고 낯선 방에 남겨져 있었을 뿐인데 이런 모습이라니, 자신도 결국은 나약해진 모양이다. ──생각하면서도 눈물은 멈추지 않았고 가슴에서 느껴지는 통증에 웃음도 사라졌다. 다만 주장만큼은 하고 싶어서 고개를 크게 끄덕였다.

그 기세에 눈물이 흩날렸다. 창문으로 비쳐드는 햇살에 눈물이 반짝반짝 빛나며 떨어졌다.

"엄청 걱정했어요. ……그리고 외로웠어요."

"그랬구나."

고개를 끄덕이고──스푸트니크는.

무언가를 찾아서 주머니에 손을 넣었지만, 아무래도 찾으려 하던 물건을 찾지 못한 모양이었다. 잠시 주머니를 뒤진 후, 그는 자신의 소맷부리로 클루의 뺨을 닦으며 "넌 좋은 여자야"라고 중얼거렸다.

"그럼."

스푸트니크는 두 번째 멜론빵에 손을 뻗으며 입을 열었다.

"우선은 설교부터 시작할까? 클루 씨?"

"윽."

갑작스런 말에 클루는 먹고 있던 포테이토가 목에 걸렸다. 다급히 따뜻한 차──상회 직원에게 부탁했더니 가져다 주었다──를 마셔서 넘기고 숨을 쉬었다. 멜론빵을 가르는 손으로 향한 스푸트니크의 시선에 힘이 없었던 것은 잠이 부족해서만은 아닌 듯했다.

숙소 주방에서 언뜻 보기에도 먹음직스러워 보였던 멜론빵. 스푸트니크가 분명 좋아할 것 같아서 멜론빵만큼은 두 개를 얻었던 클루의 판단이 성공을 거둔 듯했다.

옆에서 "맛있다"고 그가 중얼거리자 마침내 도움이 된 것 같은 기분이 들었다. 계속 침울했던 마음이 갈수록 가벼워지는 걸 알 수 있었다.

――하지만 지금은 그 지혜로운 판단에 기뻐할 상황이 아니었다.

스푸트니크의 차가운 시선이 멜론빵에서 이동해 클루를 비추었다. 꾸짖을 때의 눈을 하고 있었다.

"밖으로 나오지 말라고 했을 텐데."

"그, 그치만."

그에 대한 답이라면 준비해둔 상태였다. 그 때문에 무거운 바구니를 이곳까지 옮겨온 것이다.

"스푸트니크한테 맛있는 아침을 먹이고 싶었어요."

"그렇군. 클루 씨는 내 명령과 아침식사를 저울에 달아서 아침식사를 선택했군요? 이야, 어쩜 이렇게 유능한 종업원이 다 있을까요."

은근히 무례한 말투에 클루는 뽀로통해졌다. 하지만 현재 상황에서는 화를 내봐야 의미가 있기는커녕 완전 역효과였다. 클루는 불쾌감을 마음속으로 어떻게든 억누르고 베이컨을 찌른 포크를 접시에 도로 놓고는 가슴 앞에서 양손을 맞잡았다.

"하지만 이 도시, 그렇게 위험하다는 느낌은 안 들었어요."

파란 하늘, 하얀 구름, 활기찬 거리. 상점도 많이 늘어서 있었고, 광장 노점에서는 귀여운 액세서리나 인형도 팔고 있었다. 바구니를 끌어안고 걸으며 알록달록한 것들을 바라보고 있으니 노점상이 "아가씨, 남자친구한테 주는 선물로 하나 어때?" 하고 말을 걸어서 그 말에 스푸트니크가 떠올라 얼굴이 그만 붉어졌지만——그건 어찌 됐든.

지리는 다르지만 그 외에는 리아피아트 시와 별반 다르지 않아 보였다.

그러나 스푸트니크는 그 말을 인정하지 않았다.

"그건 결과론이잖아. 네가 여기까지 아무 일 없이 왔으니까."

"그렇지 않아요. 숙소 사람도 아침부터 도시락을 부탁했는데도 싫은 내색도 전혀 안 하고 만들어줬어요. 보석상회에 가고 싶다고 했더니 지도도 상세히 그려줬고요. 좋은 사람 많았어요."

"좋은 사람이라……."

"게다가 마을 사람만 의지한 게 아니라 나도 열심히 노력하며 여기까지 왔어요."

"흐음. 어떻게?"

변명은 듣고 싶지 않다고 말을 자르지는 않았다. 평소와 달리 자신만만한 클루에게 흥미가 생겼는지 그가 질문을 던졌다.

명령을 어기는 바람에 잃은 신뢰를 회복하려면 지금밖에 없다고 생각한 클루는 자신 있는 태도를 힘껏 취했다.

"지도를 잘못 봐서 거리에 헤맬 때를 대비해서 돌아오는 길을 알 수 있도록 버터롤을 조금씩 뜯어서 이정표로 삼았어요. 완벽해요."

"실수투성이잖아. 빵, 분명 먹어치웠을걸."

흠칫하고 숨을 머금었다. 그럴 가능성은 분명히 생각하지 못했다!

완벽하다고 생각했던 작전에 예상하지 못했던 구멍이라니. 억울함에 클루는 주먹을 꽉 쥐었다.

"새 녀석, '교활'한 짓을 저지르다니……!"

"너 그런 단어는 어디서 배웠어?"

스푸트니크는 말하면서 왼손가락을 바삐 움직이고 있었다. 쳐다보니 클루의 머리카락 한곳에 세 가닥으로 가늘게 땋은 머리가 완성되어 있었다. 아무래도 손으로 가지고 논 모양이었다.

다 땋더니 스푸트니크는 그녀의 머리카락에서 손을 떼어 냈다. 그리고 다시 식사를 했다.

"어쨌든 난 바빠. 쓸데없이 번거로운 일은 만들지 마."

"그, 그렇게 말하다니."

꽉 쥐고 있던 양손이 부들부들 떨렸다. 그것은 새에 대한 분노가 아니었다. 대상은, 그래.

"나한테만 뭐라고 하지 마요. 스푸트니크는 또 여자랑 밤놀이 했잖아요."

"뭐어?"

지적하자 스푸트니크는 의아한 듯이 눈살을 찌푸렸다. 하지만 클루의 눈에는 그 모습조차 뻔뻔스러운 연기로밖에 보이지 않았다.

반지를 만들러 나갔을 텐데 물건은 이 방 어디에도 보이지 않았다. 게다가.

"나 안 속아요. 그 손등이 증거니까요!"

손톱자국이 남은 그의 왼손을 예리하게 딱 지적했다.

클루의 목소리에 이끌린 듯이 스푸트니크는 자신의 손을 보았다.

"……아. 이건."

그는 점점이 남은 새로운 상처 자국에 이해가 간다는 듯한 표정을 지었다.

그리고 불쑥 말했다.

"아니야."

"네에?"

"이건……."

한순간 말문이 막혔지만 답했다.

"……'정보료'라고나 할까."

예상 밖의 대답에 클루는 눈을 깜박였다. 정보료?

스푸트니크는 그 손으로 자신의 머리를 쓰다듬고 한숨을 쉬었다.

"어젯밤에는 심한 일을 겪었어. 내리찍기는 오랜만에 당했어."

"저기…… 그 말은."

"그래서 뭐야. 반지?"

스푸트니크는 의자에서 일어나더니 책상 위에 대충 개어 놓은 자신의 상의를 집어 들었다. 왼손으로 상의 목덜미를 잡고 오른손을 안쪽 호주머니에 넣었다. 잠시 찾더니 이윽고 작은 상자 하나를 꺼냈다.

"이것 봐."

까맣고 자그마한 상자. 스푸트니크 보석점에서 자주 본, 전형적인 주얼리 케이스였다. 포크를 놓고 그것을 받아들고 스푸트니크를 올려다보자 그는 턱을 가볍게 움직였다. 열어봐도 좋다는 사인인 듯했다.

경첩에 최대한 부담이 가지 않도록 뚜껑을 살며시 열었다. 상자 안의 짙은 남색 쿠션에 올려놓은 것을 보고 클루는 무의식중에 눈을 크게 떴다.

그곳에 반지가 놓여 있었다.

쿠션에 절반 정도까지 파묻힌 원을 장식하는 것은 자그마하면서도 눈부시게 빛나는 몇 개의 투명한 스톤이었다. 플래티넘으로 형태를 만든, 섬세하면서도 이목을 끄는 디자인은 방 여기저기에 흩어진 종이 안에 그려진 디자인에서 빠져나온 것 같았다.

어쩜 이렇게 멋질까! 마음속으로 외쳤다. 이런 멋진 반지를 손에 들고 프러포즈하면 거절할 수 있을 리가 없다. 말로 표현할 수 없는 감동을 가슴에 품고 스푸트니크를 올려다보았다. 클루의 표정을 본 그의, 다크써클이 생긴 눈이 기쁜 듯 일그러졌다.

"집중이 한 번이라도 흐트러지면 아웃이었어. 한계를 시험받는 것 같아서 즐겁긴 했지만."

스푸트니크는 그렇게 말하더니 남은 멜론빵을 입에 집어

넣었다. 한입에 먹기에는 조금 과도하게 큰 빵을 차를 마시면서 억지로 씹어 먹더니 히죽 웃었다. '운명의 왕자님'이라고 부르기에는 조금 짓궂은 표정이었지만, 클루의 가슴을 두근거리게 하기에는 충분했다. 두근대는 소란스런 심장을 주체할 수 없었다——하지만.

갑자기 어떤 사실을 깨닫고 클루는 흠칫 숨을 멈추었다. 반지가 제대로 완성됐다는 건 그가 선언한 대로 놀러 가지 않고 밤새도록 작업했다는 뜻이었다.

그렇게나 열심히 노력한 그에게 자신은 대체 무슨 짓을 저지른 걸까?

"나, 나아."

"응?"

스푸트니크의 만사태평한 대답. 대조적으로 열기를 띠고 있던 클루의 뺨에서는 핏기가 싹 가셨다.

"난 그것도 모르고 자고 있던 스푸트니크한테 고함이나 지르고."

"아아, 됐어, 신경 쓰지 마. 그런 건 그 녀석의 '교육'에 비해선 귀여운 축에 속하니까."

"그, 그치만, 그치만."

신경 쓰지 말라며 흔드는 손조차 '너한테는 아무것도 기대하지 않아'라고 말하는 것처럼 느껴졌다.

하지만 그런 대우를 받는 게 당연했다. 자신은 침대에서 헝겊인형과 마냥 장난치고 있던 동안에 그는——

"스푸트니크는 이렇게 몸을 팔아서 열심히 일했는데!"

"몸을 '바쳐서'겠지?"

"그 말이에요."

역시 그 말실수는 너무한 거 아니냐며 그는 불만스럽게 말했지만, 지금의 클루에게 있어서 중요한 것은 부족한 자신의 지식이 아니었다. 그런 것보다도! 그녀의 목소리가 떨렸다.

"쿠는, 쿠는 나쁜 아이예요. 스푸트니크는 밤새도록 열심히 일했는데, 쿠는 그동안 방에서 자고 있어놓고 크, 큰소리나 치고."

"그건 괜찮다니까. 무엇보다 방에서 대기하라고 한 건 나잖아."

"그치만……."

"그래서 그 사실에 대해선 화 안 났어."

용서해주는 건가, 하고 생각하면서 머뭇거리며 올려다보다 그와 눈이 마주쳤다. 그러나 어이가 없다는 듯한 그의 눈길은 클루와 시선이 교차했다는 사실을 깨닫자마자 순간적으로 날카로워졌다.

"아침에 숙소에서 이곳까지 혼자서 온 건 별개지만."

그가 나지막한 목소리로 말하자 클루는 눈물이 싹 가셨다.

켕기는 마음에 고개를 돌렸다. 그러자 스푸트니크가 한숨을 쉬는 것을 알 수 있었다.

"못 말리겠네. 너한테 무슨 일이 생기면 내가 무사하지 못하단 말이야."

그 말은 고용주로서 번거로워진다는 뜻일까, 아니면 걱정이 돼서 평정심을 유지할 수 없다는 뜻일까. 후자라면 기쁘겠다는 생각이 들어 입꼬리가 자연스레 올라갔다. 그러나 그는 그 모습에 "왜 웃는 거야" 하고 한 소리 하며 뺨을 꼬집었다. 하지만 그렇게 맞닿을 수 있다는 사실 또한 기뻤다.

부드럽게 꼬집는 손가락에 장난을 치자 시야 가장자리에서 작은 것이 반짝 빛났다. 조금 전에 본 반지였다. 케이스 뚜껑을 열어놓은 채 있었던 것이다.

먼지를 뒤집어쓰면 안 되니 뚜껑을 닫으려고 클루는 손을 뻗어 끌어당겼다. 하지만.

뚜껑을 닫기 직전에, 문득.

──상자 속에서 경박하게 반짝반짝 빛나는 스톤들에 형용할 수 없는 위화감을 느꼈다.

"왜 그래?"

갑자기 조용해진 클루를 의아하게 생각했는지 스푸트니크가 물었다. 그런 그를 올려다보고 클루는 곁에 있는 반지에 관해서 이런 질문을 했다.

"……이거, 다이아몬드인가요?"

어째서 그런 질문을 하고 싶어졌는지 스스로도 잘 알 수 없었다.

클루 자신조차 말로 잘 표현할 수 없는 그 위화감의 정체를 스푸트니크는 알아차린 모양이었다. 잘 안다는 표정으로 "너도 보는 눈이 높아졌구나"라고 중얼거렸다.

"그래. 이건 다이아몬드야."

"정말로요?"

"응. 정말이고말고."

어깨를 으쓱하더니 팔을 펼쳐서 과장스럽게 말했다. ──그 동작은 확실히 수상쩍었다.

그러나 그의 말이 사실이라면 확실히 저 스톤은 다이아몬드이다. 그렇다면 위화감을 일으키는 것은,

"보석받이는 플래티넘인가요?"

"그 베이컨 맛있었어. 먹어봐."

스푸트니크는 포크로 베이컨을 둘둘 말더니 억지로 내밀어서 클루의 입을 막았다. 이미 식었는데도 담백했고, 살짝감도는 짠맛이 고기의 단맛과 함께 혀에 퍼졌다.

그녀는 오물오물 씹어서 삼키고 감상을 말했다.

"맛있어요."

"그렇지?"

아니, 그게 아니라.

그가 자신이 던진 질문에 얼버무린 것 같아서 다시 물으려고 했다, 하지만.

"맞다, 기껏 왔으니 일이나 하나 맡길까 하는데."

일.

──그 한마디에 클루의 눈은 순간적으로 커졌고, 다른일은 모두 머릿속에서 날아가버렸다. 예를 들어 클루가 강

아지였다면 그 순간 귀를 쫑긋 세우고 꼬리를 정신없이 흔들고 있었을 것이다.

그에게 도움이 될 수 있다! 그 기쁨이 다른 어떤 수수께끼에도 비할 수 없었던 것이다.

"뭐예요? 뭐예요?"

"이걸 가지고 있어줄래?"

기대감에 거리를 좁혀 오는 클루에게 그는 종이상자를 내밀었다.

허락을 받고 열어보자 내용물은 형태를 변형시킨 고양이 장식품이었다.

크기는 손바닥보다 살짝 큰 정도였고, 귀는 조금 뾰족한 삼각형에 배는 통통했다. 뒷다리를 아무렇게나 뻗은 채 그자리에 엉덩이를 대고 앉아 있었다. 눈코가 없어서 표정도 없었지만, 짧은 앞다리를 뺨에 대고 고개를 갸웃거리는 모습에서 애교가 느껴졌다.

부드러운 촉감과 단단한 재질은 반지 케이스와 비슷했다. 유심히 보니 배 주변에 가로로 금이 하나 들어가 있었다. 더 나아가 금을 따라서 등을 보자 상하를 연결하듯이 경첩이 달려 있었다. 분명 여기서 상하로 나눠져서 열리는 거겠지.

"난 지금부터 의뢰인을 만나야 하는데, 어디 뒀다가 깜박하면 곤란하거든. 가지고 있어줘."

"네."

가게에서 판매할 새로운 상품일까. 클루가 고개를 끄덕이더니 장식품을 작은 상자에 넣어 원상태로 되돌려 포셰트 안에 넣었다.

그와 동시에.

──똑똑.

노크 소리가 났다. 고객인가, 하고 일어나려고 하는 클루를 스푸트니크가 손으로 저지하고 몸소 그쪽으로 향했다. 그리고 문에 다가가서 열지 않은 채 대답했다.

"네."

"스푸트니크 보석점의 스푸트니크 님, 고객님이 오셨습니다. 반지 건으로 오셨다고 합니다."

"알겠습니다. 찾아뵙겠습니다. 어느 응접실인가요?"

"제2응접실이 공실이므로 그쪽으로 안내하겠습니다. 얼른 준비하십시오."

"고맙습니다."

문 너머로 멀어지는 발소리.

기척이 충분히 사라지고 나서 스푸트니크는 문에서 멀어졌다.

반지 건, 이라면 그 약혼반지를 말하는 걸까. 분명 그 사기 피해자라는 남성이 반지를 가지러 찾아온 것이다. 클루의 그 예측대로 스푸트니크는 다급히 여기저기를 돌아다니며 테이블 위에 놓인 반지 케이스와 서류 몇 장을 긁어모았다.

그리고 필요한 모든 것을 가방에 담더니 고용주로서 종업원인 클루에게 명령을 내렸다.

"내가 돌아올 때까지 지켜야 할 원칙, 이 방에서 대기할 것. 필요 이상으로 서성대지 마."

"네."

"그리고 그 고양이. 아무쪼록 망가뜨리거나 분실하지 않도록 해."

"네."

"그리고 말이지…… 그래."

그리고 무슨 말을 웅얼대며 잠시 망설이고 나서.

그는 상의를 걸쳐 입으며 알아듣기 힘든 목소리로 이렇게 말했다.

"밥은 맛있었어."

그때 그의 얼굴을 보지 못한 것이 참으로 안타까웠다.

흠칫 고개를 들었다. 하지만 그때 그는 이미 클루에게 등을 돌리고 있었다.

"저기."

"다녀올게."

클루가 불러 세우는데도 알아차리지 못하고——아니, 무시한 걸까. 이쪽을 쳐다보지 않은 채 그의 말이 조금 빨라진 것은 어쩌면 쑥스러움을 감추기 위해서일지도 몰랐다.

스푸트니크는 황새걸음으로 성큼성큼 걸어가더니 조금 난폭한 손놀림으로 문을 열었다.

"저기, 몸 조심해요!"

이번에는 잊지 않고 말했다. 큰 목소리로 배웅했다.

방을 나가면서 스푸트니크는 답하듯이 손을 들어올렸다. 이윽고 쾅 하는 소리를 내고 문이 닫혔다.

그 문을 잠시 멍하니 바라보고——

"……에헤."

클루는 무심코 웃었다.

관리담당자에게 인사하지 못했지만, 가장 중요한 순간에 보석을 토해내지 못했지만. 그럼에도 지금, 그에게 확실히 도움이 되었다.

자신의 옆에 있어도 좋다는 말을 그에게 들은 것 같은 기분이 들었다.

——어젯밤에 푹 자지 못했던 탓일까. 생각과 동시에 졸음이 한꺼번에 밀려왔다.

그가 맡긴 것을 절대로 도둑맞지 않도록 포셰트를 무릎 위에 놓고 끌어안았다. 충분한 안도감과 충만감, 행복감에 둘러싸여 클루는 조용히 눈을 감았다.

*

혼자 복도를 걸으며 스푸트니크는 "말할 필요는 없었나" 하고 혼잣말을 했다.

그 숙소 식사가 맛있다는 것은 스푸트니크 자신이 더 잘 아는 사실이었다. 따라서 조금 전 클루에게 틀림없이 괜한 말을 한 것이다.

그러나.

생트집을 잡힌 채 그 여자에게 변함없는 대접을 받아가며 필사적으로 장식품을 가공하느라 이쪽이 기진맥진해 있는 상황에서 명령 위반은 그렇다 쳐도 일부러 아침 식사를 가지고 만나러 와줬다는 사실이 자신도 모르게 마음에 사무쳤다. 혼자 있어서 심심했다는 것이 아마도 본심일 테지만, 그럼에도 자신을 챙겨줬다는 사실에──

"뭐지."

휴우, 하고 한숨을 크게 쉬었다.

"아직 '부성'을 느낄 나이는 아닌데 말이야."

마음에 피어오른 모호한 감정을 그 한마디로 뱉어내고 스푸트니크는 상인으로서의 얼굴을 했다.

"실례하겠습니다."

노크를 하고 문을 열었다.

예상대로 한 남자가 소파에 앉아 있었다. 어제 본 것과 같은 호박색 눈동자. 몸이 앞으로 조금 기우뚱한 자세로 손가락을 바삐 움직이며 다리를 반복해서 떨고 있었다.

이름이 랏슈라고 했던가.

그가 흠칫하고 고개를 들었다. 들어온 사람이 어제 만났던 보석상이라는 사실을 알고 그는 스푸트니크를 탐탁지 않다는 듯이 노려보았다.

"늦었어."

"기다리게 해서 정말 죄송합——."

"됐고, 반지는?"

그가 입을 열자마자 가장 먼저 뱉은 불만에 대한 마음을 감추고 어떻게든 사과의 말을 하려고 했지만 그것마저 가로막혔다. 그 탓에 스푸트니크의 불만의 눈금은 높이를 더해 갔지만, 그는 그런 것은 전혀 개의치 않는다는 모습으로 침을 튀기며 말했다.

"완성됐어? 완성 못했으면 그에 적합한 배상을."

"여기에 있습니다."

그 말을 이번에는 이쪽에서 가로막았다. 앙갚음을 한 것이다.

그가 어떻게 느꼈는지는 알 수 없었다. 심신 모두 기진맥진한 상태인 스푸트니크에게 그것까지 가늠할 여유는 더 이상 없었다. 단지 직무를 완수하는 것——'실수를 저지르지 않는 것'에 마음을 쓰는 것만으로도 벅찼다.

스푸트니크는 빙긋이 웃고서 "확인 부탁드립니다"라고 말했다. 그는 스푸트니크를 힐끔힐끔 쳐다보며 상자를 받아들더니 신중한 손놀림으로 뚜껑을 열었다.

"……오오."

그리고 안을 확인하더니 한숨과 비슷한 목소리를 냈다. 아름답게 빛나는 스톤에 대해서인지, 디자인에 대해서인지는 모르지만, 아무래도 강행공사가 그의 마음에 든 것 같았다.

……그러나 상대가 '그것'에 감동을 느낀다 해도 스푸트니

크는 웃음을 억누를 수밖에 없었다.

스푸트니크는 그가 무슨 말을 하기보다 먼저 서류 몇 장을 가방에서 꺼내 테이블 위에 올려놓았다.

더불어 펜도 올려놓았다. 서류 첫 번째 장은 '동의서'였고 서명란이 있었다.

"그렇다면 이쪽에 서명을 해주십시오."

"……이건 뭐지?"

"다급히 만든 데다 물건이 약혼반지라서 금액이 상당하므로 수령 서명을 간단히 부탁드리고 싶습니다. ……아아, 오해는 하지 마십시오. 물론 대금은 고객님께 받지 않습니다. 고객님께 사기를 친 그 사기꾼이 체포되는 대로 그쪽에 청구할 방침입니다."

"그렇군. 그런 거라면야."

그는 납득하고 서명란에 펜 끝을 휘갈겼다. ——몇 장이나 포개어진 서류를 내용도 훑어보지 않고 말이다.

스푸트니크는 형식적으로 감사를 표하고 서류를 재빨리 가방에 되돌려놓았다.

멍하니 반지를 바라보던 그가 갑자기 입을 열었다.

"그런데."

"네에?"

자신의 행동에 뭔가 부자연스러운 점이 있었던 걸까, 연기에서 미심쩍은 점을 발견한 걸까.

그렇게 생각하며 대답했지만 그의 예상은 어긋났다. 그

남자는 스푸트니크를 힐끗 보고서는 시선을 곧바로 바닥으로 떨어뜨리더니 작은 목소리로 이런 말을 했다.

"그 사기꾼은…… 체포될 것 같아?"

그런 거였군.

어떻게 대응할지 생각하다가——그 순간 그럴 듯한 '먹이'를 떠올렸다. 적당히 해서 돌려보낼 거라면 적어도 확실성을 높여두는 게 좋겠지.

"조사 관련 정보를 너무 흘리면 제가 관계자들에게 혼쭐이 나긴 하지만, 그렇군요, 고객님도 피해자니까…… 특별히 말씀드리겠습니다."

입술에 손가락을 세워 갖다 대서 아무쪼록 은밀한 정보라는 인상을 준 뒤 답했다.

"저희가 보는 바로는 늦어도 오늘 중에는 손목에 쇠고랑을 채울 수 있지 않을까 합니다."

"오, 오늘 중?"

"네."

스푸트니크의 말에 그는 눈을 부릅떴다.

"너무 빠르지 않아?"

"아니요. 경찰국에선 이미 그 사기꾼에 대한 증거와 있을 만한 곳을 파악해서 체포 기회를 엿보고 있다고 들었습니다만."

"그 정보는 사실이야?"

"경찰국에서 제가 직접 들은 건 아니니 절대적이라고는

말할 수 없지만, 신용할 수 있는 관계자로부터 얻은 정보이긴 합니다."

애매모호하게 얼버무리면서도 확실성을 강조했다.

전부, 거짓말은 하지 않았다. 마음 깊숙한 곳에서 솟구치는 웃음에서 독기를 여과한 표정을 지었다.

"시외로 도망쳤을 가능성도 없습니다. 이미 경찰국이 도시 출입구에서 검문을 실시하고 있다고 하니 말이죠."

"……그렇군."

"아니, 이 도시의 경찰국 지부는 정말 유능합니다. 모든 지부가 그렇다면 이 대륙에서 악행은 모조리 사라질 텐데 말이죠."

마음에도 없는 칭찬을 하는 것은 자신 있었다.

그러나 그는 스푸트니크가 하는 말은 신경 쓰지 않았다. 신경 쓸 여유가 없었을지도 모른다——어쨌든 그는 고개를 숙이고 무언가를 곰곰이 생각하고 있었다.

"긴장되세요?"

자신의 손으로 시선을 떨어뜨린 그를 들여다보듯이 보았다. 그러자 그는 고개를 번쩍 들었다. 눈동자에는 겁에 질린 기색이 생생하게 비치고 있었다. 하지만 스푸트니크는 그것을 프러포즈를 앞둔 긴장감으로 '받아들여주었다'.

안심시키듯이 빙긋이 미소 지어주었다. 모멸하는 감정이 섞이지 않도록 상당히 유념하면서.

"괜찮습니다. 저희 가게의 반지에는 어떤 아가씨도 매료

시키는 효과가 있으니 말이죠."

"……그렇군. 그렇다면 안심이야."

입으로는 그렇게 말했지만 안색은 창백해졌고 목소리는 알기 쉽게 떨리고 있었다.

과연 그는 프러포즈를 할 때 할 말을 생각하는 걸까. 아니면 약혼자가 기뻐하는 얼굴일까. 그런 생각이 들어서 스푸트니크는 무심결에 웃었다.

떨고 있던 그의 다리가 어느새 멈춰 있었다.

'준비'는 끝났다. 지금부터가 실전이다.

현관에서 의뢰인을 배웅하고 나서——배웅하는 김에 "성공을 기원합니다" 하고 립서비스를 덧붙였다——스푸트니크는 빠른 걸음으로 가공실로 이어진 복도를 걸었다.

남은 문제는 클루에게 뭐라고 말해서 대기를 명령할지였다. 어설프게 설득하면 "나도 따라갈래요" 하고 말을 꺼낼지도 모른다. 그런 생각을 하면서 도착한 방 문손잡이에 손을 갖다 댔다.

그러나 그 우려가 단순한 기우였다는 사실은 문을 연 직후에 알 수 있었다.

방 안에는 책상에 푹 엎드려서 평온한 숨소리를 새근새근 내며 자는 소녀의 모습이 있었다.

"……자고 있었군."

어젯밤에 날짜가 바뀌고 나서 잠들었으니 무리도 아니었

다. 그러나 이쪽은 아직 긴장을 늦출 수 없는데 고용주를 내 버려두고 직원이 팔자도 좋다——는 생각에 꿀밤이라도 한 번 먹일까 해서 손을 가까이 가져갔지만, 직전에 관두었다. 그러다 잠이 깰지도 모르니 말이다.

대신해서 그 손으로 책상에 굴러다니던 펜을 들었다. 근 처에 떨어져 있던 종이를 끌어당겨서는,

'잠시 나갔다 올게. 금방 돌아올 테니 대기하고 있어.'

라고 쓰고 조금 고민하고 나서 '선물 사 가지고 올게'와 '사탕'을 덧붙여 썼다. 옆에 서명을 더하고, 잠든 소녀의 옆 에 놓았다.

"자아 그렇다면."

평온한 숨소리에 유혹당해 생기기 시작한 수마를 떨쳐내 듯이 스푸트니크는 기지개를 크게 켰다.

"주인님은 좀 더 분발해볼까."

*

"……미안하지만."

그 여성은 미간에 깊은 주름을 새긴 채 건네받은 반지를 그에게 상자째 살며시 되돌려주었다.

"이건……."

"왜 그래?"

말끝을 흐리는 그녀에게, 탁자를 사이에 두고 앉은 남자

181

는 몸을 앞으로 내밀어 다가왔다. 왜 그러냐는 질문을 했지만 그 모습에서 보건대 자신을 향한 대답이 썩 긍정적이지 않다는 사실 정도는 예상하고 있는 모양이었다.

"확실히 말해줘."

그는 초조해하는 모습이었다.

그녀는 이해력이 부족한 남자의 무지에 어이가 없었던 걸까, 아니면 현실을 받아들이지 못하는 모습에 동정했던 걸까. 어찌 되었든 알기 쉽게 단적으로 답해주지 않으면 그가 물러서지 않을 것이라고 짐작한 모양이었다. 그녀는 상자를 다시 끌어당겨서 뚜껑을 열었다.

그리고 주저하는 듯한, 지친 듯한 목소리——

가 아니라 그가 바라는 대로 마치 과감하게 잘라내듯이 단호하게 이렇게 말했다.

"은화 5닢 정도 되려나."

"어째서!"

그는——스푸트니크에게 랏슈라고 이름을 밝힌 그 남자는.

그녀가 한 말을 듣더니 의자에서 일어나 외쳤다.

——이곳은 전당포. 모든 물건에 값을 매기고 그에 합당한 돈을 빌려주며, 상대가 갚지 못할 때는 그 상품 자체로 변제받는 가게였다.

리아피아트 시에는 없지만, 전 대륙을 살펴보면 결코 드문 직종이 아니었다. 돌려주지 못한다고 해서 무리하게 징수하러 오지 않는다는 점을 고려하면 섣불리 돈을 빌리는 것보다는 훨씬 양심적이라고 말할 수 있었다. 그리고 그러한 가게를 의지하는 사람은 늘 일정하게 존재하기 때문에 그렇게 많지는 않아도 랏슈 외에도 고객은 드문드문 있었다.

그에 반해 카운터 안쪽에 앉은, 머리에 흰머리가 섞이기 시작한 여성 점원은 언성을 높이는 그에게 몹시 질렸다는 듯한 표정을 짓고 있었다. 그녀에게 있어서 이러한 고객은 크게 드물지 않은 모양이었다. 이 물건을 비싸게 매입하지 않을 리 없다고 자신의 이기적인 심미안을 맹신해서 찾아온 인간이 말이다.

"정교한 디자인에 경의를 표해서 은화 5닢 정도는 줄 수 있어. 하지만 당신이 말하는 가격으로는 도저히 매입할 수가 없군."

"그럴 리가 없어!"

그는 침이 튈 만큼 힘차게 그녀에게 큰소리쳤다.

"다이아몬드와 플래티넘으로 만들어진 약혼반지라고! 이제 막 완성해서 흠집 하나 없는, 아직 사용조차 하지 않는 거야! 새 물건이니 값을 더 쳐줘야지!"

하지만 그녀는 그 말에 기가 꺾이지 않았다.

그러기는커녕 정말이지 진절머리가 난다고 말하고 싶어 하는 듯한 한숨을 섞어서 답했다.

"당신 말이지, 뭘 착각하는지는 모르지만 이건 플래티넘이 아니야."

"뭐어?!"

남자의 뒤집어진 목소리가 점내에 크게 울려 퍼지는 것을 듣고——

——아무래도 수면 부족에 웃음의 끓는점이 낮아진 모양이었다. 견디다 못해 자신의 목에서 큭, 하고 흘러나온 목소리를 기점으로 스푸트니크는 방관은 관두기로 결심했다.

"플래티넘 장식품은 예쁜 백금색을 하고 있잖아."

그에게 닿을 만큼 소리를 크게 질렀다.

그러자 그들이 고개를 들었다. 점내를 둘러보더니 이윽고 키가 큰 화분 옆에 숨다시피 해서 벽에 기대서 있는 스푸트니크를 발견했다.

순식간에 안색이 변하는 그에게 스푸트니크는 입술만 움직여서 웃어 보였다.

"그 플래티넘과 꽤 닮은 금속이 있거든. 로듐이라고 하는데, 색이랑 성질이 플래티넘이랑 비슷해서 장식품 도금에도 흔히 사용되고 있지. 그런 재질을 가지고 있다는 걸 당신이 아는지 모르는지 몰라도——아니, 그 모습을 보아하니 몰랐나 보군."

크게 뜬 눈은, 스푸트니크가 말하는 사실에 대한 놀라움에서 비롯된 것일까, 아니면 '자신이 속인 보석상'이 눈앞에 있다는 사실에 대한 것일까.

하지만 스푸트니크로서는 어느 쪽이든 상관없었다. 담담하게 설명을 거듭해나갔다.

"아무리 조악하고 값싼 은으로 만든 반지라도 로듐으로

코딩하면 '외양만큼은' 플래티넘을 닮은 백금색 반지가 되지. 아니, 도금 기술의 진보는 눈부신 법이야. 물건만 있으면 몇 시간 만에 도금을 완성할 수 있으니까."

새로운 기재를 재빨리 도입한 공방에는 감사 외에 할 말이 없었다. 아니, 감사해야 하는 것은 그런 늦은 밤에 억지로 깨웠는데도 주문대로 작업을 해준 일에 대한 것일지도 모르지만 말이다.

"결혼이라는 경사스런 일에 가짜 반지를 만들었다는 사실이 세상에 알려지면 상인으로의 평가에도 영향을 끼치겠지만, 당신 의도가 그렇다면 그런 물건으로도 충분하겠지. ——아, 이야기가 나온 김에 말하자면 그 반지. 스톤도 모조 다이아몬드——즉 가짜 다이아몬드야. 그런데도 은화 5닢이 나간다고 하니 내가 너무 힘을 쏟은 건가."

하지만 대충 가공하고 싶지는 않았다고 중얼거리고 자신의 어이없는 직업의식에 껄껄껄 웃었다.

감정·감별이 보석상회가 하는 일이라면 위법으로 만들어진 모조품을 회수하여 2차 피해를 방지하는 것 또한 마찬가지였다. 상회 창고에는 그런 유의 다이아몬드가 차고 넘칠 만큼 있었다. 한 알도 유통시키지 않고 회수하는 것을 조건으로 일시적으로 빌렸다.

안색이 창백한 랏슈를 앞에 두고 참다못해 웃음이 솟구쳤다.

스푸트니크는 마음속에서 솟구쳐 멈추지 않는 감정을 밉

살스럽게 말로 표현했다.

"이야, 안녕하세요, '고객님'. 어쩌다 이런 곳에서 재회하게 됐는지 설명을 들을 수 있을까요?"

스푸트니크와 랏슈, 두 사람의 시선이 교차했다. 한쪽은 대범하고 침착했고, 한쪽은 부들부들 떨고 있었다.

카운터의 점원이 그런 그들을 번갈아 보면서 고개를 갸웃거렸다.

"당신, 이쪽 손님과 아는 사인가?"

"아는 사이라면 아는 사이지만, 그 이상은 아니지. 그 반지의 가공사야."

"그랬군. 당신, 솜씨가 상당히 좋아."

"칭찬받아서 영광이군. ……자, 그렇다면."

스푸트니크와 전당포 점원, 두 사람의 시선이 랏슈를 향했다.

의자에서 엉거주춤 일어선 그는 엉뚱한 저항의 목소리를 높였다.

"사, 사기야! 난 당신한테 플래티넘 약혼반지를 주문했을 텐데! 나도 당신을 속였을지 모르지만, 당신이야말로 나를——."

"무슨 말씀을 하시나요, '고객님'."

누가 들으면 큰일 날 소리를 하고 있었다. 스푸트니크는 구태여 과장스럽게 그를 부르더니 상회에서 가지고 온 서류 다발을 치켜들어 보였다. 그 표지에는.

"서명하셨잖습니까?"

틀림없이 그의 이름이 있었다.

"그건……!"

그건 상회 응접실에서 그에게 반지를 건넬 때, 스푸트니크가 '약혼반지 수령증'이라고 말하며 그에게 서명하게 한 서류였다. ──하지만 내용은 반지 수령을 다룬 게 아니었다.

갑작스런 의뢰였으므로 외관은 다듬었지만 내용물로는 저품질의 은을 사용했고 스톤은 상회에서 회수한 모조 다이아몬드를 사용했다는 내용이었다. 정식 반지로서 맞췄다는 사실과 그것을 판매했다는 사실에 관해서 나중에 스푸트니크가 보석상으로서 처벌받지 않기 위한, 즉 '변명'이 나열되어 있었다. 그리고 '이상의 모든 제안에 관해서 일절 이의를 제기하지 않고 동의한다'는 사실을 약속한 서명란이 있었다.

그는 스푸트니크의 적당한 설명에 속아서 내용도 확인하지 않고 펜을 휘갈기고 만 것이었다. 중요한 서류에 서명할 때는 내용을 꼼꼼하게 읽으라고 배우지 않은 건가.

"수령 증명 서류라면 애초에 서두에 '동의서'라고 쓰겠냐? 멍청아."

적어도 '수령증' 혹은 '영수증'일 텐데 말이다.

참고로. 작업에 쫓긴 스푸트니크를 대신해서 이 서류를 작성한 사람은 유키였다. 그녀도 사기꾼 체포 준비로 바빴을 텐데 아침에 건네받은 서류는 한 글자의 누락도 어긋남도 없이 완성되어 있었다.

——기껏 이렇게 됐으니 다 설명해주자.

"네가 한 이야기 중에서 이상하다고 생각한 점이 두 가지 정도 있었어."

스푸트니크는 그렇게 말하며 검지를 세워 보였다.

"하나, '넌 어째서 범인을 〈클루롤 보석상회의 보석상〉이라고 말했을까'. 보석상은 기본적으로 '소속된 상회', '상점의 명칭', '자신의 이름'을 말하지."

클루롤 보석상회 소속, 스푸트니크 보석점의 스푸트니크. 상회명을 말하거나 말하지 않는 것은 때와 상황에 따라서 달라지지만——유키의 조서에 따르면 그 사기꾼은 자신을 '클루롤 보석상회 소속, 페이리 보석점의 점주 페이리'라고 이름을 밝혔다고 했다. 그렇다는 말은 적어도 그 사기꾼은 보석상이 통성명하는 방식을 알고 있었던 것이다.

"그러니 당신은 적어도 그 사기꾼의 가게명은 알고 있었을 거야. 그런데도 당신은 '클루롤 보석상회의 보석상'이라고밖에 말하지 않았어. 왜지?"

"그건——."

"두 번째."

발언은 용납하지 않았다. 스푸트니크는 세운 손가락을 하나 더 늘렸다.

"아무리 성질이 고약한 사람이라도, 능구렁이 같은 여자라도 달걀을 깼을 때 노른자가 두 개라면 기분이 좋아지는 법이라고 하더군."

"무슨 소리야?"

"나도 뭐 가게 문을 열었을 때 입구 밖에 까마귀가 있거나 구두끈이 풀려 있으면 기분이 불쾌해져. 그런 생각을 해보면 한 번 마가 낀 물건과 완전히 같은 디자인으로 만든 반지를 프러포즈라는, 실패해서는 안 되는 상황에서 사용하고 싶을까 해서 말이지."

아마도 클루가 '이상하다'고 말한 건 이것이겠지. 그 아이는 묘하게 바르다고 할까 감수성이 강한 만큼 다른 이의 마음이 품고 있는 미묘한 사정을 쉽게 알아차린다. 뭐가 이상하다고 생각했는지, 위화감의 정체가 무엇인지까지는 아직 알아차리지 못한 모양이지만 상당히 전도유망한 종업원이라고 할 수 있다.

"어디서 보석상에 의한 사기가 유행하고 있다고 들은 거야?"

피해자 중 한 사람을 가장해서 보석상을 총괄하는 상회에 트집을 잡아 고가의 반지를 만들게 해서 빼앗거나, 무리라고 한다면 위자료를 받는 잔꾀를 부린 것이다. ──잔꾀에 감쪽같이 걸려든 것은 열이 받지만.

그런 사실을 깨닫고 나니 그 남자의 거동이 명백하게 의심스러웠다.

그러나 명확한 증거가 없어서 스푸트니크는 그 반지를 만들었다. "없다면 만들 거야. 당연하잖아?"라고 유키가 말한 대로 증거가 되는 그 반지를 가짜로 만들어 보였다. 그리하여 자신의 바람대로 만들어진 반지를 랏슈가 대체 어떻게 하려는가 싶었는데 결과는 지금 그대로였다.

계획을 세운 시점에서 그가 반지를 수령한 후에 어떻게 움직이려고 하는지, 거기까지는 알 수 없었다. 전당포에 바로 가지고 가려고 하는지, 아니면 어딘가 다른 도시에서 팔아치우려고 하는지——다만 후자라면 일이 번거로워지리라고 생각한 스푸트니크는 '보석상을 사칭하는 사기꾼은 머지않아 체포된다', '도시 입구는 경찰에 포위되어 있다'는 정보를 흘려 도시 입구는 범죄자에게 위험하고, 시간이 흐르면 흐를수록 달아나기 힘들어진다는 사실을 강조했다.

등 뒤에서 쾅 하는 소리가 들렸다. 돌아보기도 전에 누군가가 자신의 이름을 불렀다.

"스푸트니크 님!"

들은 기억이 있는 목소리에 그쪽을 쳐다보자 그곳에는 예상대로 유키가 있었다.

그녀는 서둘러 스푸트니크의 곁에 달려오더니 "오래 기다리셨습니다" 하고 끌어안고 있던 바인더 서류를 넘겼다.

"그 사기꾼이 무사히 체포되었습니다. ——치밀한 남자더군요, 자신의 집에 모든 범행을 기록해서 남겨두었지만 랏슈라는 이름의 인물은 기록에 남아 있지 않았습니다."

"그렇군. 그렇다면 역시 저 남자는."

"편승범, 으로 확정해도 될 듯합니다."

우연찮게도 스푸트니크와 유키가 그를 동시에 보았다.

"선량한 보석상을 잘도 속이려고 했구나, 이 자식. 콩밥을 먹어봐야 정신 차리지, 각오해둬."

"전 클루롤 보석상회 업무부 제1업무관리과 직원, 유키입니다. 죄송합니다만 이야기를 듣고 싶으니 보석상회 피네치카 지부까지 동행해주세요. 괜찮으시죠?"

유키는 비난하는 얼굴로 랏슈를 날카롭게 찌릿――물론 '내숭을 떠는 날카로움'으로――노려보더니 오로지 성실한 상회 직원으로 보이는 모습으로 등을 꼿꼿하게 세우고 성큼성큼 걸어가기 시작했다.

"으......"

자신을 잡으려고 다가오는 사람을 앞에 두고 그는 작게 신음하고 고개를 숙였다. 그 행동은 마치 포기한 듯이 보였지――만 그것은 한순간이었다.

그는 바로 앞까지 다가온 유키를 향해서 팔을 뻗었다.

한순간의 침묵 후.

"꺄......꺄아아아아아아악!"

"유키!"

그 팔에 붙들린 채 목에 칼이 들어온 유키는 온 점내에 울려 퍼지는 새된 비명을 질렀다. 온 점내의 시선이 이쪽을 향했다.

무슨 일인가 해서 가게 안쪽에서 뛰쳐나온 정장 차림의 청년이 그 광경을 보고 얼굴이 순식간에 새파래졌다. 비명을 지르듯 랏슈를 불렀다.

"고, 고, 고, 고객님!"

"가까이 오지 마! 이, 이 녀석의 목숨을 살리고 싶다면!"

공갈——그러나 그의 혀는 잘 돌아가지 않았다.

스푸트니크는 정장 차림의 청년에게 달려가서 힘차게 말했다.

"이 가게 책임자는 누구지?!"

"저, 접니다만."

가게를 맡게 된 지 아직 얼마 되지 않았는지, 아니면 원래 스타일인지는 모르지만 책임자라고 밝힌 그는 험한 일에 익숙하지 않은 인상이었다. 목소리는 뒤집어졌고 얼굴은 멋지게 새파래져 있었다.

그러나 그렇다면 이쪽으로서는 상당히 '다루기 쉽다'. 스푸트니크는 짧게 숨을 들이쉬더니 단번에 그에게 이렇게 말했다.

"난 클루롤 보석상회 소속, 스푸트니크 보석점의 스푸트니크야. 인질로 잡혀 있는 건 상회 직원인 유키고. 여긴 나한테 맡기고 한시라도 빨리 고객과 종업원을 밖으로 피난시키고, 경찰국과 보석상회에 연락해!"

"아, 네!"

보석상회의 일개 소속원이 상회와 아무 관계도 없는 가게의 현장을 지휘하는 권한이 있을 리가 없었다. 하지만 혼란스런 상태에 빠진 현장에 지도자가 필요한 것은 인지상정이다. 모든 것은 기세에 달렸다——자신을 밝히고 그렇게 단

언하자 예상대로 그는 지시에 따라주었다. 넘어지다시피 하면서도 "차분하게 피난하세요!"라고 외치며 패닉에 빠져 소란스런 고객과 종업원을 어떻게든 밖으로 안내했다.

시간대 탓인지 고객은 그다지 많지 않았다. 이쪽은 걱정할 필요가 없겠지. 문제는——

스푸트니크는 다시 랏슈를 보았다.

그 정도 되는 칼로 인질을 두 사람 이상 확보하기는 어렵다고 판단했는지 그는 도망가는 사람들에게는 관심이 없는 모양이었다. 다만 유키에게 무슨 말을 속닥속닥 하고 있었다. 움직이지 말라든가, 얌전히 있으라는 그런 말이겠지만 말이다.

"목적이 뭐야?!"

스푸트니크가 소리를 지르자 그 또한 답하듯이 요구를 외쳤다.

"돈이다. 돈——돈과, 도망갈 수 있도록 마차를 준비해라! 이 여자의 목숨을 살리고 싶다면!"

"이런 비겁한……."

말하면서 어금니를 꽉 깨물었다. 그러나 참다못해 눈이 살짝 촉촉해졌다.

그런 스푸트니크의 모습에 그는 히히히, 하고 웃었다. 끌어안긴 여자는 고개를 숙이고 있어서 어떤 표정을 짓고 있는지 스푸트니크는 알 수 없었다.

——이윽고 그들 세 사람 이외에 모두가 가게 밖으로 사

라졌다.

　지시에 따라줘서 고마운 일이군, 하고 스푸트니크는 내심 만족스럽게 미소 지었다. 이 가게의 책임자가 '인질과 범인을 남기고 자신만 피난할 수 없다'는 이상한 정의감을 보인다든지 스푸트니크를 가리켜 '사람들을 물리고 도둑질이라도 하려는 속셈이 아닌가' 하고 말을 꺼냈더라면 정말이지 일이 번거로워졌을 것이다.

　상회에서 이 가게는 그렇게 멀지 않다. 5분이 지나면 누군가 심부름꾼이 찾아올 것이다. 경찰국은 어떨까. 범인 체포가 끝난 직후인 지금, 갑자기 일어난 인질 사건에 인원을 얼마나 할애해줄까. 하지만 사건이 일어났다는 사실을 듣고 느긋하게 대처할 만큼 이곳 경찰국 지부는 무능하지 않을 터였다.

　어찌 되었든 사람이 다시 모일 때까지 시간은 그렇게 걸리지 않을 것이다.

　랏슈를 가만히 노려보며 여러모로 가늠하고 있던 때였다.

　"……스푸트니크."

　유키가 이름을 부르자 갑자기 기시감을 느꼈다.

　대치한 자신과 남자, 남자의 팔에 인질로 붙잡힌 여자. 잡힌 인질은 그때도 떨면서 스푸트니크의 이름을 부르고 있었다. 스푸트니크 하고.

　유키는 지금 확실히 비슷하게 그의 이름을 불렀지만.

　그때와 달리 분노가 솟구치지 않았다. 무기인 도구를 뽑지도 않았다.

주위를 둘러보고 사람이 아무도 없다는 사실을 다시 확인한 다음 스푸트니크는 오른팔을 두 사람 쪽으로 내밀었다. 손바닥을 위로 올리고 도발하듯이.

"무슨 짓이야?!"

욕설을 퍼붓는 소리에 유키의 어깨가 떨렸다. 울고 있는 것이 아니었다.

오만하게 행동하는 그를 향한 분노는 이미 식어 있었다. 그러기는커녕 약간의 동정심마저 느끼며 스푸트니크는 고개를 깊이 숙여 '끝'의 시작을 선언했다.

"그럼 아코 누님. 원하는 대로 하시죠."

경찰국과 상회 사람들이 오기 전까지 시간은 분명 많지는 않다. 그러나——

——그런 이유로 느슨하게 끝낼 만큼 이 여자는 상냥하지 않았다.

"어머나, 스푸트니크 님. 옛날 이름으로 부르시다니."

바닥을 향하고 있어서 볼 수 없었지만, 그 순간 분명 유키는 웃고 있었다.

스푸트니크는 그 표정이 자신의 시야에 들어오지 않았다는 게 진심으로 기뻤다.

다음 순간, 랏슈의 몸이 마치 인형처럼 공중을 붕 날았다. 속박에서 거뜬히 빠져나온 유키가 그의 몸을 잡고 내던진 것이다.

낙법도 취하지 못하고 머리부터 상품 선반에 처박힌 그를 관엽식물이 질그릇 화분째로 뒤쫓았다. 그리고 항아리, 의자, 저울, 작은 꾸러미, 계산대가 이어졌고…… 그와 더불어 유키의 드높은 웃음소리가 울려 퍼졌다.

이윽고 적당히 무게가 나가는 물건들을 대부분 다 집어던진 그녀는 랏슈에게 달려가더니 그의 온갖 급소를 힐로 확실히 짓밟았고——그에게서 "죄송합니다", "미안합니다", "우발적이었습니다"라는 말을 끌어내기까지는 몇 분도 걸리지 않았다.

가차 없이 공격했지만 유키가 힘 조절을 해서인지 그는 기절도 하지 못했다. 눈물과 콧물, 그 외 여러 가지로 만신창이가 되어 바닥에 웅크린 채 가냘픈 사죄를 하는 남자를 내려다보고 스푸트니크는 이런 말을 툭 뱉었다.

"늘 생각하지만……."

"뭐어?"

의문부호로 답한 유키는 웃고는 있었지만 눈동자는 마치 뱀 같았다.

그래서 스푸트니크는 반사적으로 이어지는 말을 변경했다.

"……일 처리가 빨라."

"후훗. 고마워."

뺨에 손을 대고 그녀는 고개를 기울였다.

그리고 그 모습으로 "스푸트니크, 구속해"라는 짧은 지시

를 내렸다. 스푸트니크는 만약을 위해서 가지고 왔던 짐을 꾸릴 때 쓰는 끈을 꺼내서 랏슈의 옆에 앉았다. 몸이 묶이는 동안, 그는 전혀 저항하지 않았다.

스푸트니크가 그를 다 묶었을 무렵, 유키는 랏슈의 나이프와 자신이 가지고 온 바인더를 주워서 바인더에 무언가 세공을 하며 이쪽으로 돌아왔다. 바닥에 굴러다니는 그를 보고 몹시 기쁜 듯 미소 짓더니 유키는 "그럼" 하고 분위기를 전환하는 말을 꺼냈다.

"질문을 시작해볼까. 동료는 어딨어?"

"도, 동료……?"

"시치미 떼선 좋을 게 없어. 답해."

양손과 양발이 묶인 채 굴러다니던 랏슈의 뺨을 유키의 발끝이 협박하듯이 어루만졌다.

"마법사 동료가 몇 사람 있겠지. 스푸트니크의 동향을 감시하게 한 건 당신 지시 아냐?"

그녀의 말에 스푸트니크는 흠칫하고 생각이 났다──그렇다, 그 마법사들.

스푸트니크의 그 모습을 보고 유키는 빙긋이 웃지도 않고 "말해줘서 다행이지"라고 말했다. "그런 점에서 주의력이 부족해"라고도 말했다. ……정말이지 잔소리가 심하다.

랏슈는 그 물음에 갈가리 찢어질 듯한 기세로 고개를 가로저었다.

"모, 몰라."

"그래에?"

흡족하지 못한 대답이 돌아오자 유키의 목소리가 나지막해지고 불쾌하게 흐려졌다. 그와 더불어 미간에 주름도 깊어졌고——랏슈는 결국 비명을 질렀다.

"정말이야! 미, 믿어줘, 동료는 없어!"

"그렇다면, 그 마법사는——."

"경찰이다! 꼼짝 마라!"

그녀는 과연 그다음에 뭐라 말하려고 했던 걸까.

그러나 그 말은 들을 수 없었다. 요란한 소리와 더불어 입구가 열렸고 남자 목소리가 또렷하게 울려 퍼졌다. 이어서 그 동료들이 가게에 우르르 들어왔다. 경찰국 사람들이 도착한 것이다.

갑자기 소란스러워진 실내에서 혀를 한 번 차는 소리가 들린 것 같았지만, 실제로는 알 수 없었다. 그 장본인인 그녀는 스푸트니크가 뭐라고 말하기보다 먼저 경찰국 사람들을 향해 달려가고 있었기 때문이다. 넘어질 듯한 몹시 불안정한 걸음걸이로.

"겨, 경찰 아저씨이."

"괜찮으십니까?"

"네, 네에. 하지만…… 무서웠어요…….."

안경이 반사되어서 알기 어려웠지만, 달려가는 눈언저리에 눈물이 번진 것처럼도 보였다.

진정하라는 경찰관의 말에 유키는 두 번 정도 심호흡을

했다.

"저기, 스, 스푸트니크 님이 구해주셨어요. 남자가 저한테 나이프를 겨누고 있어서, 정신이 없어서 잘 기억나진 않지만…… 아, 하지만 분명, 바인더로, 저 남자를…… 꺄, 꺄아악."

바인더 뒷면에 깊이 푹 파인 칼자국을 지금 알아차렸다는 듯이 비명을 질렀다. "하마터면 제가……" 하고 새파랗게 질려서 몸을 떠는 유키에게 모두가 "큰일 날 뻔했다", "무사해서 다행이다"라고 위로의 말을 건넸다. 어느 누구도 저 여자가 일을 벌였다고는 생각하지 않는 모양이었다. 알고 있는 사람은 유키와 스푸트니크와 랏슈 본인뿐이었다.

하지만 그녀는 그런 사실을 입이 찢어져도 말하지 않을 테고, 랏슈의 증언은 허언 취급을 받고 끝날 것이다.

그렇다면.

유키가 머뭇거리며 이쪽을 보았다. 연약한 행동과 정반대로 눈동자만은 어떤 한 가지 의지를 힘차게 피력하고 있었다.

스푸트니크는 어깨를 으쓱했다. ——알다마다.

"발버둥 치던 유키 씨의 다리가 그의 다리 사이를 쳤어요. 저 사람한테는 불운한 일이지만, 나이프를 들고 있었으니 정당방위겠죠. 그 틈에 제가 붙잡았습니다."

"스푸트니크 님……."

바인더 뒤에서 엄지는 세우지 말라고.

경찰관이 스푸트니크에게 다가와서 스푸트니크의 무사를 확인하고 랏슈의 신병을 확보했다. 랏슈가 일으켜 세워져서 연행되는 모습을 멍하니 바라보고 있으니 시야 가장자리에서 유키가 흠칫하고 고개를 들었다.

그 시선의 끝을 좇았다.

"아버님!"

그곳에 있는 사람은 그녀의 양아버지, 클루롤이었다.

"무사했구나."

"네. 모두가 유키를 구해줬어요. 상처 하나 없어요."

그녀는 눈을 반짝반짝 빛내며 순종적인 딸로서 그의 앞에 섰다.

능숙한 연기에 주위에서는 흐뭇한 장면을 보는 듯한 눈을 했으나, 당연하게도 클루롤에게는 그런 것이 통하지 않았다.

"네가 아니라 상대 말이야. 또 과도하게 행동하진 않았니?"

"어머나, 몰라요, 아버님. 이럴 때 농담을 하시다니."

키득키득 웃는 유키의 왼손만큼은 분하다는 듯이 단단히 쥐어져 있었다.

그 이상 그와 이야기하는 것은 '피해자'로서 득책이 아니라고 생각했는지 그녀는 시선을 스푸트니크에게 돌렸다.

"맞다, 스푸트니크 님. 다치진 않으셨나요?"

그리고 클루롤의 곁에서 떨어져 이번에는 이쪽으로 다가왔다. 기분이 좋아 보이는 유키를 스푸트니크는 빙긋이 미소 지으며 맞이했지——만.

　그녀는 스푸트니크의 눈앞에서 멈춰서더니 그의 넥타이를 잡고 세게 끌어당겼다. 온 힘을 다해 가까이 끌어당긴 귀에 그녀는 나지막하게 이렇게 말했다.

　"그러고 보니 너, '이런 비겁한'이라고 말하면서 하품했지?"

　"죄송합니다."

　이를 악물고 참았는데 들켰다.

　그렇지만 그녀에게는 사소한 일이었는지 사죄를 하자 그걸로 만족한 것 같았다. 그녀는 그의 넥타이에서 손을 바로 떼어냈다.

　"그럼 난 지금부터 잠시 일을 할게. 그 증언도 신경 쓰이고, 사기꾼도 처리해야 하니까."

　"나도 가는 편이 좋을까? 뭔가 도울 일이 있으면 도울게."

　"아니, 넌 클루한테 가봐. 모처럼 여행 기분으로 왔는데 제대로 데리고 다녀주지도 못했잖아."

　그 말을 듣고 상회에 남겨놓고 온 그녀를 떠올렸다. 그 아이는 아직 가공실에서 침을 흘리고 있으려나.

　"그 녀석도 일이란 거 알고 있어."

　"아내의 상냥함에 안주해서 그렇게 일만 하다가 어느 날 귀가했더니 집을 나갔다——는 이야긴 이 업계에서 흔해. 됐으니까 여긴 누님한테 맡기고 넌 가족 서비스나 해."

　"누가 아내란 말이야, 누가. ……그래도 알겠어. 무슨 일 있으면 말해줘."

"알았어. 그럼, 가다가 딴 길로 새지 마."

가볍게 손을 들어서 가벼운 목소리로 인사하더니 그녀는 등을 빙그르 돌렸다. 경찰관 곁으로 가서 "신세를 졌네요" 하고 무난하게 인사하고 한두 마디를 나누더니 그대로 무리 속에 섞여들었다. 내숭을 떨어서 주목을 받지 않도록 하며 사는 기술을 몸에 익힌 그녀에게는 북적이는 장소에 섞이는 일이란 손쉬울 것이다.

──그렇다면.

스푸트니크는 기지개를 크게 켰다. 유키가 뒷정리를 해주 겠다고 하니 이곳에는 이제 용건이 없었다.

그녀의 후의를 받아들여 일단 상회로 돌아가자.

외로움을 많이 타는 종업원이 분명 목이 빠져라 자신이 돌아오기를 기다릴 것이다.

*

하얀 원피스를 입고 있었다.

바람이 몹시 잘 통하는 것은 그 이외에 아무것도 몸에 걸 치고 있지 않아서였다.

어두운 복도를 맨발로 걷고 있었다. 불안해서 걸음을 멈 추자 누군가가 재촉하듯이 자신을 쿡쿡 찔러댔다.

아무 말 없는 누군가에게 이끌려서 도착한 곳은 역시 어 두운 방이었다.

어두운 것이 아니라 검다는 사실을 알아차리기까지 시간
은 그다지 걸리지 않았다.

얕은 잠에서 깨어난 클루가 우선 본 것은 커다란 바구니
였다.

멀리 바라보니 그곳은 쥐 죽은 듯이 조용한 실내였고, 나
름대로 정돈된 여러 기재가 있고 탁자 가장자리에는 용지
몇 장이 놓여 있었다. 모두 다 잠들기 전에 본 것과 다르지
않은 광경이었다.

"⋯⋯?"

그 안에서 클루가 의아하게 생각한 것은 자신이 있는 장
소에 관해서가 아니었다. 아침 무렵에 깨어났을 때와 다르
게 이번에는 확실히 기억하고 있었다. 스푸트니크에게 아
침 식사를 가져다 주러 상회에 와 있었다. 하지만 의아한 점
은 그게 아니었다.

창을 보았다. 얇은 커튼이 쳐져 있었지만, 낮이라서 그런
지 나름대로 밝았다.

이어서 몸을 내려다 보았다. 옷은 제대로 입고 있었다. 양
말도 신발도 제대로 신고 있었다.

입가에 흐른 침을 닦는 것도 잊고 클루는 멍하니 중얼거
렸다.

"이상한 꿈을, 꿨어⋯⋯."

무척이나 짧은 꿈. 하지만 몹시 불쾌해서 불안해지는 꿈

이었다.

꿈이라는 사실을 아는 지금도 배 속을 괜히 어루만지는 듯한 불쾌한 감정이 마구 솟구쳤다. 이건——

"……토순이가 없어서인가."

무서운 꿈을 쫓아주는 소중한 헝겊인형.

그건 스푸트니크가 한 단순한 거짓말이라서 실제로 그런 불가사의한 힘은 없다고 요전번에 판명되었지만, 오랫동안 믿어와서인지 역시 잘 때 헝겊인형이 곁에 없으면 불안해졌다. 그리고 실제로 헝겊인형이 없는 지금, 묘한 꿈을 꾸었다. 심장이 꽉 오그라드는 듯한 감각이 들었다.

몹시 쓸쓸해져서 점주를 생각했다. 스푸트니크는 고객과 아직 한창 이야기하는 중일까.

포셰트에서 시계를 꺼내서 보자 그로부터 1시간은 지나 있었다. 분명 '응접실로 안내하라'고 했던 것 같은데, 상황을 살피러 가면 혼이 나려나…… 하고 생각하며 문을 보는 것과 때마침 동시에.

똑똑.

노크 소리가 두 번 났다. 스푸트니크가 돌아온 것은 아닐 테지만 이곳을 지키기로 한 사람으로서 황급히 일어나서 대답했다.

"네."

"스푸트니크 보석점의 클루 씨가 이곳에 계신가요?"

달려가서 문을 열자 그곳에 한 여성이 서 있었다. 이곳에 안내한 사람과는 다른 사람이었지만, 복장은 그 사람과 같았다. 상회 직원이 입는 제복을 입고 있었다.

미소 짓는 그녀를 올려다보고 "저예요"라고 답하자 그녀는 웃음 지으며 봉투 하나를 내밀었다. 통상적인 봉투보다 작은 명함 크기였는데, 풀로 붙여져 있지 않았다.

"조금 전에 접수처에 스푸트니크 님의 심부름꾼이라는 분이 오셔서 이 편지를 맡기셨습니다."

열어보자 안에는 지도 한 장이 있었다. 빨간 동그라미로 표시된 장소는 이곳에서 멀지 않았다. 동그라미 옆에는 '이곳으로'라고 한마디 쓰여 있었다. 오라는 뜻일까.

낯선 도시를 걷기에는 조금 불안했지만 망설이지는 않았다. 상회까지 헤매지 않고 찾아왔으니 스푸트니크도 그 사실을 분명 높이 평가해줬겠지. 솔직하지 못한 사람이니 "상회까지 혼자서 잘 찾아왔구나" 하고 칭찬하기가 쑥스러웠을 것이다. 분명 그럴 것이다.

그래서 이런 편지를 보냈겠지.

"저기, 외출하고 싶은데, 가공실 열쇠가……"

그녀는 전부 듣지도 않았는데 이해한 모양이다. 클루의 말에 고개를 끄덕였다.

"알겠습니다. 돌아오셨을 때 접수처에 말씀하시면 문을 열어드리겠습니다."

"감사합니다."

포셰트는 어깨에 메고 있었다. 귀중품은 딱히 없었고, 서류와 도구는 돌아오고 나서 스푸트니크가 정리하겠지. 직원이 주머니에서 꺼낸 열쇠로 문을 다 잠그기를 기다렸다가 인사를 다시 한 번 하고 클루는 스푸트니크를 만나기 위해 의기양양하게 걷기 시작했다.

　——그녀가 잠들었던 책상 위에 남겨진 메모에 쓰인 '대기'라는 두 글자를 개의치 않은 채.

5

　"태양 때문에…… 눈이…… 따갑군."

　경찰관과 상회 직원, 구경꾼이 이룬 물결을 헤치며 휘청대며 전당포 밖으로 나왔다. 늘 있는 일이지만, 햇빛은 수면이 부족한 머리에는 버거운 법이다. 그리고 사람들의 떠들썩한 목소리 또한 그랬다.

　그러나 상회에 돌아가는 길로 햇빛이 들지 않는 좁은 골목을 선택한 이유는 그것뿐만이 아니었다.

　딴 길로 새지 말라는 유키의 말이 떠올랐다. 이것은 딴 길에 해당하는 걸까, 기준에 어긋나는지는 모호하지만, 근심거리를 떨쳐내지 않고 돌아가는 것은 자신의 방침에 어긋났다. 그리고 가게를 나온 순간에 뒤집어쓴 날카로운 기척을 알아차리지 못할 만큼 그의 머리가 둔한 상태는 아니었다.

　——이 부근이면 괜찮겠지.

　멈춰서 돌아보고 말했다.

"나와."

점잖게 말할 필요는 이제 없을 터였다.

그의 말에 나타난 사람은 검은 로브를 뒤집어쓴 마법사였다. 어젯밤, 상회 뒷문에서 만난 마법사 중 한 사람으로 보였다. 얼굴은 모르기 때문에 단정할 수는 없지만, 아마도 가장 몸집이 컸던 여자일 것이다.

그녀는 오른손에 긴 지팡이를 쥐고 있었다. 재질은 나무와 비슷해 보였지만, 실제로는 과연 어떨까.

"어젯밤에 보고 또 보는군."

그러나 그녀는 답하지 않은 채 지팡이를 쥐고 자세를 취했다.

잡고 있던 지팡이가 빛났다. 비스듬히 내리치자 끝에서 하얀빛의 입자가 똑바로 날아갔다. 젖은 우산에서 물방울이 날아가는 모습과도 조금 비슷했다——다만 그것이 물방울이었다면 길가에 놓인 나무상자에 떨어진 순간, 나무상자가 찌부러지지는 않았을 것이다.

비스듬한 자세를 취하고 왼손을 주머니에 찔러 넣은 채 스푸트니크는 표정으로 드러내지 않고 생각했다. ——위협인가.

팔을 내려친 채 마법사는 말했다.

"우릴 얌전히 따라온다면 위해는 가하지 않겠다."

그러지 않으면 신변의 안전은 보장하지 않겠다는 뜻도 담고 있었다.

"나한테 할 이야기가 있으면 여기서 해. 들어줄 테니까."

"너와 이야기하고 싶은 게 아니다."

"그럼 뭘 하고 싶은 거지? 경고 같은 건가?"

"아니다."

그렇다고는 하나 위협부터 한 이상 어차피 제대로 된 용건은 아닐 것이다.

그녀의 정체와 목적은 대체 무엇일까 생각했다. 아니 그런 건 뒤로 미루자. 지금 생각해야 하는 것은——마법사와 싸우는 법이다.

마법사와 싸운 적이 있냐고 한다면 있지만, 그건 자타가 공인하는 '규격 외'였다. 그에 반해 이쪽의 주머니 안에는 요전번에 쓰다 남은 보석이 하나 있었다. 마력을 흡수하도록 가공된 보석이지만, 과연 하나로 충분할까.

"다시 묻겠다. 이쪽을 따를 생각이 있는가?"

대답하는 대신에 침을 뱉어 보였다——그것이 신호가 되었다.

마법사가 지팡이를 다시 휘둘렀다. 동시에 스푸트니크도 달리기 시작했다.

발밑을 노리고 날아온 빛은 조금 전에 나무상자에 쏜 것과 같은 마법일까, 아니면 다른 것일까. 명중하면 어떤 효과가 있는지는 모르지만, 어차피 썩 재미있지는 않겠지.

날아온 빛을 뛰어올라서 피해 거리를 좁혔다. 빛 몇 개를 피하는 것과 동시에 주머니에서 줄을 하나 꺼내 쥐고 몸을 낮추었다.

그에 쫓아서 마법사가 빛나는 지팡이를 휘둘렀다. 몸을 낮춘 스푸트니크에게 빛나는 입자가 몰려왔다——하지만 스푸트니크는 그중 한 발을.

——왼손에 잡은 보석으로 막아 보였다.

서로의 눈앞에서 감쪽같이 사라진 마법. 마법사가 놀라는 기척을 보였다.

상대의 대응은 늦었다.

스푸트니크는 꼴좋다고 웃음이 솟구치려는 것을 참은 후 줄로 태세를 취하며 한 발 더 내디뎠다. 그리고 이걸로 끝이라고 생각하며 어깨를 겨냥해서 줄을 쑥 내밀었다——

하지만.

"——윽?!"

그 순간.

등에 고통이 밀려왔다.

둔기로 맞은 듯 무겁고 얼얼하게 아팠다. 몸을 가누지 못하고 헛발을 디디자 대치하던 마법사의 지팡이가 그의 몸을 세게 때렸다. 말을 하려고 했지만 맞은 곳이 나빴는지 소리 없이 숨이 빠져나갈 뿐이었다. 버티려고 했지만 더 날아온 빛이 그것을 용납하지 않았다. 옆구리를 맞아서 비참하게 땅에 넘어졌다.

아픈 몸을 억지로 일으켜 세우려고 했지만,

"꼼짝 마."

"…………."

눈앞의 마법사가 지팡이 끝을 들이밀어서 스푸트니크는 초조한 나머지 침을 뱉었다. 피가 섞여 있지 않다는 사실에 아이러니한 안도감을 느꼈다.

시야 밖에 숨어 있던 마법사가 모습을 드러내서 스푸트니크와 대치하던 마법사의 곁으로 달려갔다. 주의를 돌리기 위해 행동했던 여자보다 머리 하나는 낮았지만, 그쪽도 검정 일색인 같은 복장을 하고 있었다. 스푸트니크의 등은 아마도 저 녀석이 때렸을 것이다. 복병이 있다는 사실 정도는 예측했어야 했다──젠장. 마음속으로 욕설을 퍼부었지만 고통스러워서 한숨도 쉴 수 없었다.

둘이서 한두 마디 나눈 후, 일제히 땅에 쓰러져 있는 그를 보았다.

"목적이 뭐야?"

시선을 받으면서 간신히 나온 목소리는 쉬어 있었다.

후드 안에서 빛나는 마법사의 눈은 차가웠다.

"스푸트니크 보석점의 점주, 스푸트니크. 그렇지?"

부정도 긍정도 하지 않고 단지 올려다보았다.

억양이 없는 목소리. 그 때문에 감정도 파악하기 힘들었다. 다만 키가 컸기 때문에 지면에 넘어진 스푸트니크에게 위압감은 충분히 느껴졌다. 그녀는 지팡이 끝을 미동조차 하지 않고 담담하게 말했다.

"지금 건 뭐지? 내 마법을 어떻게 제거한 거야."

"그야 모르지…… 네 오만함이 자초한 실수 아냐?"

예전의 변태 마법사와 달리 이번에는 정확하게 답할 필요가 없었다. 그의 대답을 어떤 의미로 받아들였는지 스푸트니크는 알 수 없었지만, 그런 것보다 이쪽은 물어보고 싶은 것이 있었다.

"날 어쩔 셈이냐."

"죽이라는 말은 못 들었다."

일개 보석상에게는 참으로 위험한 대답이었다. 하지만 그 대답은 결국 만전을 보장하지는 않는다는 뜻이었다. 틈을 찾기 위해 시선을 이리저리 굴렸지만, 눈앞의 지팡이를 어찌 할 수 없었다. 설령 그 지팡이를 피한다고 해도 옆에 있는 다른 한 명이 도망치는 그를 용납하지 않을 것이다.

등에서 느껴지는 고통이 가시질 않았다.

이윽고 지팡이 끝이 그의 눈앞에서 멀어졌다. 그러나 도망치게 해주는 것이 아니라는 사실을 바로 알 수 있었다. 마법사가 머리 위로 지팡이를 크게 치켜 올렸다.

그리고 무언가를 중얼거리자 지팡이가 반짝 빛났다——

——그때.

"거기까지입니다."

공기마저 찢을 듯한 늠름한 목소리가 골목에 울려 퍼졌다.

"세 걸음. 물러서시죠."

목소리는 지팡이를 든 마법사들의 등 뒤에서 들렸다.

어느새 그곳에 와 있었는지 몸집이 큰 여자 뒤에서 두 사람보다 키가 더 작은 마법사가 천천히 모습을 드러냈다.

두 사람과 같은 색 로브를 입고 있었지만, 목소리에는 적의가 짙게 번져 있었다.

"당신들의 안전이 중요하다면, 어서."

재촉하듯이 불쾌하게 말했다. 아무래도 쥐고 있는 지팡이 자루를 키가 큰 쪽의 등에 들이대고 있는 모양이었다.

두 마법사는 시선을 주고받더니 그녀의 말에 따랐다. 확실히 세 걸음, 스푸트니크에게서 떨어졌다. 그녀는 스푸트니크와 두 사람 사이로 이동하더니 두 사람과 대치하는 형태로 섰다. "다섯 걸음 더" 하고 날카롭게 내뱉은 요구에 두 사람은 아무 말 없이 따랐다.

수수께끼의 방문자. ──그녀를 향해 덩치가 큰 마법사가 말했다.

"누구냐. 어느 쪽 사람이냐."

"'마력이 없는' 인간에게 위해를 가하는 마법사에게 이름을 밝힐 필요는 없을 듯합니다만?"

단호하게 말하더니 그녀는 깊숙이 쓰고 있던 후드를 벗었다.

그러자 소녀의 얼굴이 나타났다. 클루보다 나이가 조금 많은지 다소 앳된 티가 남은 얼굴이었지만, 그 앳된 모습을 채우듯이 눈을 날카롭고 가늘게 뜨고 있었다.

"내 상사는 당신들의 경솔한 행동을 깊이 염려하고 있습니다. 얌전히──."

그러나 상대는 그녀의 경고를 마지막까지 듣지 않았다.

2인조 가운데 키가 작은 마법사의 로브에서 보인 손이 보석 두 개를 내던졌다. 그곳에서 피어오른 가느다란 빛이 뱀처럼 스푸트니크 쪽으로 향했다.

심상치 않은 느낌에 스푸트니크가 다급히 일어서려고 했지만,

"괜찮습니다."

그녀는 그 한마디로 스푸트니크를 저지했다. "움직이지 마세요"라고도 말했다.

그리고 그녀는 서두르지 않고 지팡이 끝을 빙그르 움직였다. 직후, 반투명한 벽이 상대와 이쪽 사이에 나타났다.

벽에 닿은 순간, 뱀은 소리도 없이 튕겨서 사라졌다.

"야, 너."

"안심하세요. 마법사가 일대일로 공격마법과 방어마법을 동시에 발동시킬 경우, 일반적으로는 방어마법이 전개되는 쪽이 빨라요. 게다가."

말을 걸자 그녀는 이쪽을 힐끔 쳐다보지도 않고 답했다. 그런 질문을 하고 싶었던 것은 아니지만——스푸트니크와 그런 이야기를 하고 싶었던 것이 아닌 것은 그녀도 마찬가지였던 모양이다.

그녀는 지금은 스푸트니크가 아니라 상대를 향해 말을 던졌다.

"설령 그런 이론이 없었다 해도 내가 당신들보다 못할 일

은 없을 겁니다. ──절대 착각은 하지 않기를 바랍니다. 난 당신들보다 훨씬 상위에 있으니까요."

"……!"

"관둬."

그녀의 도발에 격앙된 한쪽을 다른 한쪽이 저지했다. 그녀는 그 모습을 차가운 시선으로 보면서 말했다.

"그 몸으로 내 힘을 알고 싶지 않다면 답하세요. 어째서 그를 노린 겁니까? 누가 시킨 겁니까?"

"──쏠게."

하지만 마법사는 답하지 않고 지팡이를 높이 휘둘렀다.

공격해오는가 해서 태세를 갖추었지만 그렇지 않았다. 지팡이 끝에서 생긴 광구가 날아올라서 지붕보다 높은 위치까지 도달하더니 파열해서 빨간 빛을 흩날렸다.

어떤 신호일까. 그렇다면 누구에게 보내는 걸까?

스푸트니크 무리의 의식이 그쪽을 향한 순간, 두 사람은 발길을 되돌려서 달리기 시작했다.

그리하여 골목길에는 스푸트니크와 후드를 벗은 그녀 두 사람이 남았다. 그녀는 사라져 가는 마법사들의 등을 가만히 보고 있었다.

"……안 쫓아가?"

스푸트니크의 물음에 마침내 그녀는 돌아보았다.

그러나 질문에는 답하지 않고 그의 등 쪽으로 돌아섰다. 몸을 비틀어서 그쪽으로 돌리려고 했지만 아픔에 그러지 못했고──그녀는 그런 스푸트니크를 보고 "움직이지 마세요"라고 말했다. 그리고 길에 주저앉았다.

"일어나지 말고 편하게 있으세요. 치료해드릴게요."

말과 동시에 등으로 열기를 느꼈다.

스푸트니크는 그 따스함을 알고 있었다. 다른 마법사의 손에 같은 치료를 받은 적이 있기 때문이다. 그때 입은 상처의 원인은 그래.

"전 어떤 분의 사설 비서로 일하고 있습니다. 세실이라고 합니다. 당신을 지키라는 그의 명령을 받아서 바로 조금 전에 이곳으로 달려왔습니다."

"아니, 비서가 아니라……."

목을 틀어서 치료마법을 거는 그녀에게 생각하던 것을 말했다.

"너, '그 녀석' 본인인 거 아냐?"

일시적인 침묵 후.

세실이라고 이름을 댄 그녀의 미간이 확 구겨졌다.

마법소녀, 혹은 마녀협회 코쿠디에 지부 부지부장 소아란. 유키가 "변태적인 취미를 가지고 있을 것 같다"고 말했던 그.

변신마법이 특긴데 말이야, 하고 투덜거리는 것을 보니 아무래도 정답인 모양이었다.

어이가 없다는 듯이 한숨을 쉬고 '그'는 말했다.

"일단 지금의 나는 마녀협회 코쿠디에 지부 부지부장 소아란의 사설 비서 '세실'이야. 그런 걸로 해줘."

"평범하게 오면 되는데 왜 또 그렇게 변태설을 높이는 행동을 하는 거야."

"누가 변태란 거야, 누가."

자각이 없는 게 또 정말이지 어이가 없었다.

"이유 중 첫 번째로는 일단 나도 '관리직으로 일하는 사람'이기 때문이야. 스푸트니크 보석점의 관계자가 부지부장이 직접 보호해야 할 만큼 중요한 인물이라고 여겨지는 건 피하고 싶었거든."

"몇 번이고 말했지만, 우린 지극히 평범한 보석점 사람들이야."

"하하. 그런 고집 좋아. ……두 번째는 말이지, 나, 도무지 빠질 수 없는 회의가 있어서 어젯밤부터 아침까지 계속 코쿠디에 지부 회의실에 틀어박혀 있었거든. 이 부근도 '시조님의 가호'가 그다지 강한 지역은 아니니까, 위력이 너무 강한 마법이나 어려운 마법은 사용할 수 없어. 공간 이동 마법은 그중 최고봉이라서…… 오늘 아침까지 코쿠디에에 있던 인간을 점심에, 그것도 피네치카에 존재하게 하는 건 보통 마법사는 우선 무리야. 그래서 다른 사람으로 변장할 필요가 있었지."

보통 마법사는 무리라면, 보통'이 아닌' 마법사는 가능하다는 뜻일까.

"……'위력이 강한 마법은 사용할 수 없다'?"

그 한마디가 신경 쓰였다.

"그런 것치고는 그 마법사, 공격마법을 그렇게나 사용했잖아?"

"그건 그렇게 위력이 세진 않아. 하지만 설령 약한 거라고 해도 마법사가 '마력이 없는 자'를 마법으로 제압하려고 하는 행동은 윤리상 좋지 않아."

그 말을 듣자 하니 '넌 약하다'고 하는 것 같아서 열이 받았다. 하지만 엄연한 사실이었다. 스푸트니크는 지금, 마법사 단 두 사람에게도 이기지 못했으니 그에 관해 무언가 말할 자격도 없었다. 잠자코 이어지는 말을 들었다.

"하던 이야기 계속할게. 회의실에서 회의를 하는데 회의 중에 아무래도 주변 상태가 심상치 않더라고. 누구 지시인지는 몰라도 날 회의실에서 내보내기를 묘하게 꺼리더라. 부하를 만날 때도 물론이고 화장실에 잠시 갈 때도 감시를 붙여서 사태가 심각한 것 같았어. 에취."

"아양 떨지 마. 기분 나빠."

양손으로 만든 주먹을 턱에 대고 싫다는 양 몸을 흔드는 성인 남성을 보면 얼마나 불쾌하겠는가. 외양은 소녀의 형태를 하고 있다 해도 정체를 알고 있는 스푸트니크에게는 공포심밖에 들지 않았다.

그러나 그는 그 지적을 무시하고, "그래서 말이야" 하고 제멋대로 이야기를 이어갔다.

"회의가 끝나자마자 내가 담당하는 안건을 체크해봤는

데, 뭔가 손을 쓴 낌새는 없더라고. 그래서 혹시나 싶어 상태를 살피러 리아피아트 시까지 날아갔더니 네 가게가 닫혀 있어서 깜짝 놀랐지. 노크를 해도, 뒷문으로 돌아가 봐도 인기척도 없고…… 어슬렁대는데 순찰 중인 경찰이 말을 걸어서 큰일 날 뻔했어."

"경찰?"

"너희와 사이좋게 지내는 경찰 아가씨."

나츠 말인가.

이 녀석이 하는 짓이니 분명 그때도 여느 때처럼 귀여운 여성으로 변신해서 갔겠지만, 역시 '민완 경위'라고 해야 할까, 그럼에도 나츠는 가차 없이 붙잡은 모양이다.

그 추측을 뒷받침하듯이 소아란이 한숨을 쉬었다.

"네 가게 손님이라고 해서 간신히 넘겼는데 어지간히 믿어주질 않아서 고생했어. 뭐, 그 여자가 너희 행선지를 알고 있던 덕분에 다행이었지만."

어째서 나츠가 자신들의 행선지를 알고 있었을까──고개를 갸웃거리다가 바로 떠올렸다. 그렇다, 나가다가 마주쳤다. 어디로 가는지 묻는 그녀에게 스푸트니크는 확실히 행선지를 답해주었다.

사람의 신경을 거스르는 말만 하는 나츠가 출발을 방해해서 짜증이 났지만, 결과적으로는 말한 보람이 있었던 것이다. ……고마움을 느끼는지는 또 다른 이야기라고 해도 말이다.

"돌아가면 고맙다고 말하는 게 좋을 거야. 무슨 바람인지 가게를 비워서 도둑이라도 들지 않을지 주의해서 중점적으로 순찰하고 있다고 하더라고."

"쓸데없는 참견이야."

그 조언을 순순히 따를 마음이 들지 않았던 스푸트니크는 시선을 돌리고 제 말만 하고는 그 녀석에 대한 이야기를 끝냈다.

그 녀석은 분명 스푸트니크가 가게를 비운 사이에 스푸트니크 보석점을 신경 썼다는 사실을 제 입으로 절대 말하지 않을 테고, 생색을 내는 일도 없을 것이다.

그런 점에 있어서도 재미없는 여자였다.

──그런 여자 이야기는 어찌 되었든.

스푸트니크는 마법사들이 사라져간 쪽을 다시 보았다.

"저 녀석들은 뭐야? 안 쫓아가도 괜찮아?"

"사실은 쫓아가고 싶었지만 말이지."

질문하자 소아란은 어정쩡하게 웃으며 애매모호하게 말했다.

"네 자존심에 상처를 주게 될 테니 말 안 할래."

"…………."

"아얏."

땅에 누운 채 등 뒤를 보지 않고 발꿈치를 날렸는데, 아무래도 명중한 모양이었다.

"너무해, 치료해주고 있는데."

"그 말투가 짜증 나거든? 어차피 부상자인 날 방치하고 갈 수 없었다는 그런 소릴 할 거잖아."

"오, 잘 알고 있네."

"잘 알겠어. 싸움을 걸겠다는 거네. 온 힘을 다 쏟아서라도 받아들여주지. 각오해."

"말한 건 너잖아."

주머니에서 그 보석을 꺼내 비춰 보이며 말하자 그는 역시 곤란한 듯이 답했다.

"그리고 언젠가 졌던 빚을 갚을까 해서."

"빚?"

"'내'가 너한테 부상을 입혔잖아. 그에 대한 사과야. 그때는 사정이 사정이었던 만큼 어쩔 수 없었다고 해도 본래라면 있어서는 안 되는 일이잖아."

"위자료라면 받았어."

"내 마음이 편치 않아."

이상한 면에서 결벽적인 녀석이라고 생각했지만——그렇지도 않은가, 하고 생각을 바꿨다. 손을 더럽히며 살아갈 수밖에 없는 사람이 적어도 가능한 한 범위에서만이라도 선하게 살고 싶어 하는 경우는 드물지 않다. 물론, 도리어 더 지독하게 나오는 녀석들도 있지만.

그 말을 마지막으로 소아란은 아무 말도 없었다. 무슨 생각을 하나 해서 돌아보니 그는 스푸트니크가 손에 든 보석을 혐오스런 눈으로 보고 있었다.

눈이 마주치자 그는 겸연쩍은 듯이 인상을 찌푸렸다.

"저기 말이야."

"응?"

"미안한데 그거, 넣어주면 안 돼? 마력이 그쪽에 흡수돼서 치료마법의 효력이 나빠지고 있어."

"아."

그런 거였군.

하지만 도대체 어디에 두면 영향력을 끼치지 않을까. 고민한 끝에 주머니에 있는 지갑을 꺼내서 안에 넣자 그는 "그러면 됐어" 하고 말했다.

"그리고……."

"뭐야. 아직 남았어?"

"아니……."

말투가 불분명했다. 그러나 대답하고 싶지 않다는 뜻은 아닌 듯했다. 그래, 그런데, 하고 별 의미가 없는 말을 잠시 반복한 후.

그는 결심한 듯이 이렇게 말했다.

"저기 말이야, 너. '팡숑'이라는 이름에 짚이는 거 없어?"

팡숑.

일반적으로는 여자에게 붙이는 이름이지만, 스푸트니크가 아는 사람 중에 그 이름을 가지고 있는 사람은 없었다. 아는 사람 미만인 '이름을 외워둘 값어치가 없는 여자' 중에

223

서 그런 이름을 가진 사람이 있었나까지는 알 수 없지만.

"팡숑…… 우리 고객 중에는 없는 것 같은데."

"네 보스 무리 중에서도 없으려나."

"클루롤 씨의 부하 이름까지는 모르겠지만, 그 녀석이 뭐가 어쨌는데?"

그러자 그는 표정을 꾸깃 일그러뜨렸다.

그리고 목 안쪽에서 쥐어짜내는 듯한 목소리로 말했다.

"너…… 너희를 보고 있으니 그 사람이 잠시 생각나서."

"그 사람?"

"내 약혼자. 지금은 이미 전, 이라는 말이 붙지만. ……마력과 보석의 관계에 관해서 열심히 연구하고 있었어. 광석중에 대해서도 흥미를 가지고 있었던 모양이야."

조금 나지막한 음성에 그가 어떤 마음을 담고 있는지 약혼자가 있었던 경험이 없는 스푸트니크로서는 알 수 없었다, 그러나.

──갑자기 언젠가 클루가 지었던 '쓸쓸한' 표정을 떠올렸다.

그리고 동시에 생각한 것은 소아란이 말한 너'희'에 해당하는 인물──자신 바로 뒤에 있는 사람, 또는 자신에게 여러 가지 일을 처리하는 '방법'을 가르쳐준 사람, 유키였다.

그녀의 동료. 부하 혹은 스파이.

이런 이상야릇한 보석을 만들어낸 그녀에게 마력과 관련된 지식이 있거나 마법사 수하가 있는 것은 확실하다. 그렇다면 그의 약혼자인 팡숑의 지인, 동료, 계보를 잇는 사람이 유키, 혹은 클루롤의 주변인이라는 걸까. 사고로 죽은 사람의 계보를 잇는 사람이 그 여자, 그들 내부에 있다?

스푸트니크가 유키에게 소아란의 약혼자에 대한 이야기를 물었을 때 그녀는 특별히 조사하고 있지는 않다는 투로 말했다. 그러나.

마법사를 싫어하는 그 여자와 사고로 죽었다는 마법사——

"자아, 완치."

소아란이 가볍게 등을 두드리자 제정신으로 돌아왔다.

정신을 차리고 보니 등에서 묵직한 고통이 사라져 있었다. 졸음과 피로는 풀리지 않은 것을 보니, 원래 가진 것을 치료하는 건 불가능한 듯했다.

일어나서 어깨를 펴고 팔을 뻗었다. 옷 이곳저곳에 묻은 먼지는 두드려서 털어도 하얗게 남아 있었다. 여기저기 구겨져 있어서 집에 돌아가 세탁해야겠다고 생각하고 있는데,

"그런데 너. 너희 공주님은 숙소에 있어? 가게가 닫혀 있는 걸 봐서 상회 방문에 너와 동행한 게 아닐까 했는데."

공주. 그 말이 그녀에게 어울린다고는 도무지 생각할 수 없었지만, 그에 들어맞을 법한 인물은 단 한 사람밖에 없었다. 마지막에 본 모습——얼빠진 얼굴로 정신없이 자던 모습을 떠올리며 답했다.

"아니, 상회에 있어."

"상회?"

"나한테 아침 식사를 가지고 왔더라고. 혼자서 도시를 걸어 다니게 하는 것도 위험하니까 혼자 숙소에서 나온 걸 혼내고 그대로 상회에서 대기시켰——."

"……없었는데?"

소아란이 의아하게 대답한 말이 무엇을 의미하는지 스푸트니크는 바로 알 수 없었다.

다만 꺼림칙한 예감만이 가득해서 표정을 지을 여유도 없이 그를 살펴보았다. 소녀의 형태를 한 그의 커다란 눈은 거짓말을 하는 것처럼은 보이지 않았다.

"난 이 도시에 와서 너희를 만나려고 맨 처음에 상회로 갔었어. 하지만 만날 수 없어서 찾으러 다녔던 건데……."

"세 사람이 있었어."

스푸트니크의 모습에서 심상치 않은 분위기를 느꼈는지 소아란의 말이 이윽고 가늘어지다가 끊어졌다——그 직전에 스푸트니크가 덮다시피 한 말에는 주어가 없었다.

그는 빠른 말로 이어갔다.

"마법사 말이야. 어젯밤에 만난 마법사. 세 사람 있었어. 나머지 다른 한 명은 어딜 간 거지?"

조금 전의 두 마법사. 공격 이유를 '경고'냐고 묻는 그에게 그녀들은 '아니'라고 답했다. 그렇다면 정답은 뭐였을까. ——'발을 묶는 것'이 아니었을까?

그녀들이 간 방향을 보았다. 그곳에는 그 누구의 모습도 없었다. 마법사도, 그리고 당연하지만 사랑스러운 종업원도.

무슨 감정 때문인지 머리가 열기를 띠었다. 그렇지 않아도 둔했던 머리가 더욱 둔해졌다. 이렇게 있을 수는 없다. 하지만 그녀가 어디에 있는지 예상해보고 움직이지 않으면 시간을 쓸데없이 낭비하게 될 뿐이다. ……그러나 짚이는 곳이 없었다. 초조함이 더해갔다──

그때 갑자기 눈앞에 빛 한 알이 흩날렸다. 마력이 담긴 빛이었다.

정신을 차리고 보니 소아란이 자신의 손바닥을 바라보고 있었다. 정확하게는 그곳에서 흘러넘치는 빛을 보고 있었다.

"위로 가자."

"위?"

"어디에 있든 그 편이 찾기 쉽잖아. ……네가 빗자루를 사용하긴 어려우니까 이걸로."

소아란이 팔을 크게 휘둘렀다. 그의 손에서 마치 샘처럼 솟구쳐 근방을 떠돌던 빛은 그 동작에 맞춰서 흩어졌고── 한층 더 하얗게 빛나더니 스푸트니크의 가죽 구두에 달라붙었다. 이윽고 그것들은 구두 표면에 흡수되듯이 사라졌다.

한순간 발꿈치가 열기를 띠는 것 같았지만, 그것 또한 바로 사그라졌다.

소아란은 그 모습을 조금도 웃지 않고 바라보더니 빛이 사그라지자 스푸트니크에게 이렇게 지시를 내렸다.

"뛰어볼래? 가볍게도 괜찮아."

흡수한 것에 어떤 효과가 있는지도 모른 채 스푸트니크는 가볍게 지면을 찼다. ——그러자.

"……이거, 편리하네."

마치 보이지 않는 계단을 올라간 것처럼 그의 몸이 뛰어오른 가장 높은 지점에 멈춰 있었기 때문에 그만 감탄하고 말았다.

그곳에서 다시 한 번, 이번에는 조금 전보다 힘을 좀 더 실어서 뛰어보았다. 그러자 그 힘에 맞춰서 그의 신발은 높이를 더해갔다. 예를 든다면 계단을 한 계단 건너뛰어 올라가는 감각이었다. 그에 맞춰 그의 몸은 허공을 높이 올라갔다.

이윽고 높이는 건물 지붕에 이르렀다.

"사용해본 소감이 어때?"

바로 옆에서 목소리가 들렸다. 고개를 돌리자 그곳에는 마법사답게 빗자루에 올라탄 소녀가 있었다.

"꽤 재밌는 도구지만, 지금은 그에 관해 떠들 상황이 아니야."

"그건 그렇지. 그럼 우리 공주님은 어디에 있으려나——."

그때.

북쪽에서 펑, 하는 소리를 내며 빛이 터졌다.

그다지 크지는 않았지만, 직접 보면 눈을 상하게 할 새하얀 빛이었다. 부풀린 종이풍선을 터뜨리는 듯한 소리와 더불어 맑은 하늘 아래에서라도 알 수 있을 만큼 갑자기 밝게 일어난 빛은 색깔은 다르지만 조금 전에 마법사가 쏜 것과 비슷했다.

　——뭔가를 생각하기에 앞서 자신의 다리가 움직인 것은
신발 탓만은 아닐 터였다.

*

"이 부근일 것 같은데…….."

클루는 손에 든 지도를 다시 보며 미간을 찡그리고 중얼
거렸다.

상회에서 나와 시간이 얼마나 흘렀을까. 길을 헤매서는
안 되기에 이번에는 가공실에서 빌린 납석으로 길에 선을
그으며 걸었지만, 너무 빨리 소모되는 바람에 도중에 다 떨
어지고 말았다. 상회에 다시 가지러 돌아가는 시간도 아까
워서 그대로 걸어왔지만, 길은 어쩐지 한적해지기만 했다.

역시 한 번 되돌아가더라도 상회에서 기다려야 하나——
아니, 스푸트니크가 믿어줬으니까——하지만 이정표는 중
간까지밖에 표시하지 못했다——그렇다면 이대로 앞으로
가는 편이 나을까——하지만——어느 쪽도 결정하지 못하
고 좁은 골목길에서 우두커니 서서 고민하고 있으니.

갑자기 등 뒤에서 땅을 밟는 소리가 들렸다.

스푸트니크인가 해서 돌아보았다. 그러나 그곳에 서 있는
사람은 안타깝게도 기대하던 인물이 아니었다. 그 사람은
테두리가 장식된 검은 로브를 걸쳤고 얼굴이 후드로 가려져

서 알 수 없었지만 명백히 클루를 주시하고 있었다. 키나 체격으로 보아 여성인 듯했다.

클루는 같은 복장을 한 사람을 예전에 리아피아트 시에서 본 적 있었다. 가게를 방문한, 고객이 아닌 2인조.

마법사. 스푸트니크는 그들을 나쁘게 말하지만, 클루는 마법사 중에서도 좋은 사람이 있다는 사실을 알고 있다. 따라서 눈앞에 있는 그 사람이, 낯선 도시에서 헤매는 클루를 보다 못해 쫓아온 상냥한 마법사일 가능성은 없지 않았다.

——그러나.

로브를 입은 그녀는 후드에서 들여다보이는 입술을 살짝 움직여서 무뚝뚝하게 말했다.

"네가 그 '보석을 토하는 여자애'지?"

"어⋯⋯."

그만 놀라서 숨이 멈추었다. 이 사람은 누구지. 어째서 그 사실을 아는 거지?

클루는 그 이상 아무 말도 하지 않고 입술을 한일자로 다문 채 이쪽의 답을 기다렸다.

클루는 생각했다. 이 사람은 누굴까. 어쩌면 이 사람은 스푸트니크의 지인이라서 사정을 알고 있을지도 모른다. 자신을 상냥하게 대하고 '체질'을 고치는 데 협력해줄 마법사일지도 모른다! ——그렇게 생각하고 싶었다.

하지만 위협적인 말투와 태도. 후드 안쪽에서 이쪽으로 도달하는 날카로운 기척.

아무래도, 아무래도. 클루는 그녀를 믿을 수 없었다.

목소리를 내려고 했지만, 첫 번째 시도는 실패했다. 상대가 알아차리지 못하도록 얕고 가늘게 호흡을 해서 재차 목청을 울렸다.

"……사람을, 잘못 보셨어요."

이번에는 성공했다.

그래, 사람을 잘못 본 것이다. 애초에 자신은 그런 이름을 가지고 있지 않았고, 그런 직업에 종사하고 있지도 않았다. 따라서 거짓말을 하는 것은 아니다——하지만 마법사는 클루의 대답을 믿어주지 않았다.

"거짓말이지?"

"아니에요."

"보고에 있던 특징 그대로다."

보고. ——무슨 말일까.

"그리고 우리는 '빗자루'의 최종 보고를 믿을 만큼 어리석지 않다."

이어진 말의 의미를 알 수 없었지만, 클루를 구해줄 사람이 아니라는 사실은 왠지 모르게 짐작이 갔다.

동시에 이곳에 자신을 불러낸 사람이 그녀이고, 이 지도가 자신을 불러내기 위한 함정이었다는 사실을 깨달았다.

그 사실을 뒷받침하듯이 그녀가 말했다.

"나와 같이 가야겠다."

"……싫어요!"

마법사라고 해도 이목이 있는 곳에서 유괴를 하려고 들진 않겠지. 사람의 왕래가 잦은 곳까지 도망쳐야 한다. 그녀가 이쪽으로 한 발 내디딘 순간, 클루는 외치고 등을 돌려서 달리기 시작했다.

하지만 안타깝게도 도망은 곧바로 저지당했다.

무언가가 발밑을 잡아당긴 듯한 느낌이 들었고, 정신을 차리고 보니 클루는 넘어져 있었다. 돌에 걸려서 넘어진 것이 아니었다. 넘어지게 한 것이다. 클루는 자신의 발밑에서 폭죽과 같은 하얀빛이 소리도 없이 흩어지는 것을 보았다.

그러나 그녀에게 있어서 진정으로 불행한 일은 마법으로 인해 넘어진 것이 아니었다.

"앗!"

고개를 들어 눈앞에 있는 존재를 알아차리고 클루는 자신도 모르게 목소리를 높였다.

떨리는 손으로 두 개로 쪼개진 그것을 들어올렸다. 넘어진 순간, 포세트의 뚜껑이 열려서 굴러 떨어진 모양이다. 고양이 모양을 했을 터인 그것은 경첩 부분이 깨진 채 빠져 배 부분에서 위아래로 분리되어 있었다. 게다가 오른쪽 귀는 뿌리 부분에서 똑 부러져 간신히 벨벳의 일부로 연결되어 있는 듯했다.

스푸트니크가 맡긴 중요한 주얼리 케이스. 그리고 쩍 갈라진 그 배 속에서 들여다보인 것은——

——작디작은 반지였다.

갓난아이용 반지, 베이비링. 누가 그것을 스푸트니크에게 주문했는지 클루는 알고 있었다. 리아피아트 시에 사는 어떤 부부가 아이를 위해서 맞춘 반지였다. 고양이를 본뜬 귀여운 케이스도, 부부가 분명 마음에 들어 하리라 생각해서 스푸트니크가 준비한 것이다. 그리고 절대로 잃어버려서는 안 되기 때문에 그는 클루를 믿고 그 물건을 맡긴 것이다.

그런 중요한 상품을 망가뜨리고 말았다.

그녀는 멍하니 도망치는 것도 잊고 있었다.

그래서 시야 가장자리에서 치켜든 마법사의 손이 빛나도 바로 반응할 수 없었다.

도망가야 한다는 생각이 들어서 다급히 일어나려고 했지만, 손바닥과 무릎에 생긴 찰과상에 저지당했다. 두려움 때문인지 심장이 고통스러워졌고 호흡하기가 점점 힘들어졌다.

하지만 적어도 이 반지만큼은 지켜야 한다.

마지막 결심을 굳힌 클루가 망가진 고양이를 가슴 앞에서 꼭 쥐었다──그때였다.

"그만둬."

검은 형체가.

그녀의 시야를 가렸다.

마법사가 부린 마법 효과 때문에 눈앞이 갑자기 어둠에 둘러싸인 걸까.

검은 형체가 빛을 희미하게 반사하고 있었기 때문에 클루는 예상이 빗나갔다는 사실을 깨달았다. 마법으로 만들어낸 어둠이라는, 이상한 것이 아니라 단순한 검은 천이었다.

그 검정은 몹시 친절한 말투로 이야기하기 시작했다.

"실례되는 말이지만."

목소리는 차분했지만 유심히 들어보니 말끝이 조금 발랄해서 살짝 즐겁게도 들렸다. 하지만 하는 말은 어조와 전혀 다르게 상대를 내려다보고 있었다.

"틈을 보이지 않는 편이 좋을 거예요. 내가 온 힘을 다해 싸웠더라면 당신의 마법은 전부 당신 자신에게 튕겨서 되돌아갔을 테니 조심하는 편이 좋을 거예요."

그리고 그 말들은 클루에게 한 것이 아닌 모양이었다.

클루는 조심스럽게 고개를 들었다. 그러자 어깨 너머로 이쪽을 내려다보던 그 사람과 눈이 마주쳤다.

"아가씨, 괜찮아?"

"아, 네."

클루는 그녀가 걸친 로브를 어둠이라고 생각했다. 검은 천에 가장자리가 금으로 장식된 로브는 마법사가 착용하는 것이었다. 여느 때처럼 후드도 쓰고 있었지만, 올려다보는 자세였기 때문에 그녀의 눈동자가 갈색이라는 사실 정도는 알 수 있었다.

마법사가 또 한 명 나타났다. 하지만 새로 나타난 그녀에게서는 눈동자에서도 둘러싼 분위기에서도 두려움이 느껴

지지 않았다.

갈색 눈이 클루의 대답을 듣고 부드럽게 미소 지었다.

"그럼, 다행이야."

"──누구냐."

말한 것은 클루가 아니었다. 나지막하게 억누른 듯한 목소리는 클루를 이곳으로 유인한 마법사의 것이었다.

갈색 눈동자의 그녀는 그 말에 여유롭게 웃어 보였다.

"자아, 난 누굴까요. 당신이 모르는 사람이 아닐까요?"

"답해라!"

마법사가 참을 수 없는지 외쳤다. 클루는 두려움에 무심코 움츠러들었지만, 눈앞의 검정은 미동조차 하지 않았다. 어깨를 살짝 으쓱했을 뿐이었다.

그런 그녀에게 상대는 짜증을 숨기지 않고 물었다.

"어느 쪽 사람이냐. ──그렇군. 소문으로 듣던 '마법소녀'인가."

"마법소녀?"

불린 그 이름에 그녀의 표정이 처음으로 흐려졌다.

"어머나, 마음대로 납득하지 말아줄래요? 그런 잔챙이랑 같은 취급하지 말아줬으면 하는데요? 난 '진짜'니까요."

"진짜?"

"진짜. 진품. 부르고 싶은 대로 불러도 돼요. 원한다면 시험해보겠어요?"

그녀가 여유롭게 웃음 지으며 말하자 로브에서 들여다보

이는 입술이 못마땅하다는 듯이 일그러졌다——직후.

지붕보다 높은 장소에 빨간빛이 보였다.

그것을 가장 빨리 올려다본 사람은 상대 마법사였다. 빛은 바로 사라져버렸지만, 그녀에게는 그걸로 충분했던 모양이었다. 중얼거린 말 또한 불쾌한 것 같았다.

"빨강이군. 인질 확보에 실패했나 보군."

인질?

마법사가 입에 담은 말에 클루는 오한을 느꼈다. 인질이 될 만한 클루의 지인은 지금 이 도시에 한 사람밖에 없었다.

"——설마."

"괜찮아."

소용돌이치는 불길한 상상을 또렷한 목소리가 가로막았다.

클루는 올려다보았다. 갈색의 눈동자는 상대 마법사를 보고 있었다.

"네 주인님은 저런 녀석들에게 어떻게 될 만큼 약하지 않고, 불운하지도 않으니까."

그러나 상대는 그 말에 고개를 가로저었다. 들여다보이는 입가에는 이미 여유의 기색이 되돌아와 있었다.

"아니, 불운하지. 인질을 잡아다 저 애의 부모가 있는 곳에 데리고 가려했는데, 악운 때문에 기대가 어긋났으니까."

"부모?"

대화의 흐름에서 보건대 그 단어가 가리키는 사람은 눈앞에 있는 그 어느 쪽 마법사의 부모도 아니었기에──그래서 그만 말에 끼어들었다.

"당신은 우리 엄마와 아빠를 알고 있어?"

"만나고 싶은가?"

"…………."

그때 손안의 베이비링이 열기를 띠듯이 느껴진 것은 분명 자신이 그 반지를 무의식중에 꽉 잡았기 때문이었다.

그런 건 생각하지 않아도 답이 나왔다.

하지만.

"속으면 안 돼."

──흔들리던 그 순간, 냉수 같은 말이 머리 위에서 쏟아 져 클루는 흠칫하고 제정신으로 돌아왔다.

"속인다고? 나는 거짓말 따윈 안 해."

"질문에 질문으로 답하는 사람 중에 제대로 된 사람은 없어요. '당신은 자신의 부모님과 아는 사이인가'라고 저 아이가 묻고 있잖아요. 질문을 받았다면 예나 아니요로 답해주는 게 예의가 아닐까요? 가령 당신이 저 아이의 부모를 안다고 해도, 저 아이에게 상처를 주고 저 아이에게 있어서 소중한 것을 망가뜨린 데다 인질로 잡으면서까지 데리고 가려고 하는 사람 따윈 내 눈에는 좋은 사람으론 비치지 않는데 말이죠."

어조는 어디까지나 친절했다. 하지만 하는 말 한마디 한마디에는 명백하게 가시가 돋쳐 있었다.

"돌아가는 게 어떨까요? 내가 누구인지는 아무래도 상관없는 일이잖아요. 누가 됐든 그냥 지나가는 '마력 없는' 여자아이를 괴롭히는 마법사를 용서할 마음은 나한텐 없거든요."

"그냥 지나가는 '마력 없는' 여자아이? 웃기지 마. 그 앤——."

"잠자코 있으실래요?"

우습다는 듯이 코웃음을 치는 상대를 가로막고 그녀는 딱 잘라 말했다.

"싸운다 해도 당신한테 승산이 없다는 사실은 알고 있을 거예요. 아니면 나랑 싸울 생각인가요?"

물음과 동시에 하늘로 향한 그녀의 손바닥 위에 엄청나게 큰 불덩어리가 출현했다. 그것은 마치 냉정해 보이는 그녀의 마음속을 나타내고 있는 듯하기도 했다.

"간식 시간 전까지는 끝내고 싶네요."

그녀가 미소 지으며 말했다. 그에 상대는 움츠러든 것 같았다.

서로의 침묵은 그렇게 오래 이어지지 않았다.

상대 마법사의 머리가 움직여서 클루를 보는 것 같았다. 클루는 무서워서 눈앞의 로브를 꽉 잡았다.

"기억해둬."

그 한마디를 남기고 마법사는 발길을 되돌렸다.

——되돌아보지도 않고 길 안쪽으로 사라져서 그대로 돌아오지 않았다.

클루를 덮친 마법사가 사라져도 로브를 걸친 그녀는 그 방향을 계속 주시하고 있었다.

그 분위기가 무척이나 무거워서 말을 걸기도 꺼려졌기 때문에 클루는 단지 그 자리에 우두커니 서 있었다. 감사 인사도 하지 않고 물러나고 싶지는 않아서 망설이며 시선을 아래로 떨어뜨렸다. 그러자.

부스럭부스럭 부스럭부스럭하고 그녀의 로브 일부가 움직이고 있다는 사실을 알아차렸다.

뭐지.

흥미가 생겨서 가만히 바라보고 있으니 그것이 조금씩 내려왔다. 그리고 이윽고 옷자락에서 모습을 불쑥 드러냈다.

그 '꿈틀거림'의 정체는 무려.

"거미?!"

로브를 입은 그녀를 신경 쓰느라 가만히 있던 것을 그 순간 완전히 잊어버렸다.

거미 한 마리가 나타났다. 그것도 무척이나 큰 거미였다.

클루는 최대한 낼 수 있는 속도로 뒷걸음질 쳐서 거미로부터 거리를 두었다. 벽에 등이 닿을 때까지 후퇴하고 나서 그 이상한 곤충을 관찰했다.

몸통의 크기는 클루의 얼굴과 비슷한 정도였다. 여덟 개나 되는 두꺼운 다리는 가장자리만 노랬고, 눈동자는 청금석처럼 짙은 파랑을 띠고 있었다. 파스텔 핑크를 기조로 한 몸 색깔에 독살스러움은 없었지만, 어차피 형태는 거미였다. 결코 기분 좋은 대상이 아니다.

이윽고 거미는 로브 자락에서 완전히 기어 나오더니 다리 여러 개를 요령껏 다루며 클루에게 기어왔다.

흐윽, 하고 목에서 비명이 새어 나왔다.

살충제는 가지고 다니지 않았다. 어쩌면 좋을까 하고 고민하는 동안에 거미는 가까이 다가오더니 이윽고 클루의 눈앞에서 발을 멈추었다. 무엇을 하려는 걸까, 설마 달려들 생각은 아니겠지, 하고 떨고 있으니──그것은.

거미답게 배에서 가느다란 실을 쭉쭉 뽑아내기 시작했다.

그러나 거미집을 만들려는 것은 아닌 모양이었다. 뜨개질을 생각나게 하는 동작으로 발끝으로 실을 능숙하게 엮어서 이윽고 천 한 장을 만들어냈다. 그리고 그것을 다리 여러 개 중 하나 끝에 얹더니 마치 신사 같은 동작으로 클루에게 스윽 내밀었다.

망설이고 있자 천을 든 다리가 클루의 무릎을 가리켰다. 재촉받다시피 해서 내려다보고 비로소 알아차렸다. 조금 전에 넘어진 탓에 상처를 입은 무릎에서 피가 흘러나오고 있었다.

그 천을 받아들어야 할까. 망설이고 있으니 목소리가 들렸다.

"샤루. 그만둬."

로브를 입은 그녀의 목소리였다.

조용하고 차분한 목소리. 하지만 그 목소리에는 어이없다는 기색이 번져 있었다.

"놀라게 하지 마. 물러서."

"…………."

샤루라고 불린 거미는 다리를 미세하게 움직여서 주인에게 몸을 돌렸다. 그리고 그녀를 올려다보더니 '놀라게 하려던 게 아니다'라고 말하고 싶은 듯이 가볍게 뛰었다.

"그래도 안 돼. 여자아이가 무서워하잖아, 물러나 있어."

거미의 얼굴에 표정이 있을 리 없었다.

하지만 어째서일까. 주인의 명령에 따라 느릿느릿 돌아가는 거미의 두 청금석이 슬픈 듯 일그러져 있는 것 같았다. 그래서.

"저, 저기…… 저기."

돌아보는 거미와 그녀를 향해서 말을 걸지 않을 수 없었다.

가슴 앞에서 양손을 깍지 끼고 거미와 그 주인을 향해 말했다.

"저는 괜찮아요. 놀라서 죄송해요. ……날 신경 써줬던 거지? 고마워."

"…………."

거미는 빠른 발걸음으로 로브 안으로 되돌아갔다.

역시 기분을 상하게 한 걸까. 다시 한 번 사과해야 하나 싶었는데 로브 자락에서 심청색 하나가 들여다보였다.

"부끄러워하는 거야. 여자아이가 친절하게 대해주는 일은 거의 없으니까."

"아아."

클루는 곤충을 그다지 좋아하지 않는다. 나비나 방울벌레라면 그나마 괜찮아도 거미는 제일 싫어하는 곤충에 버금갔다. ……하지만 이 거미는 애착이 갈 것 같은 느낌이 들었다.

"이름은 샤루. 헝겊인형에 마법을 걸어서 움직이고 있을 뿐……이지만, 최근엔 명령을 안 들어서 곤란해. 누굴 닮았는지 애가 제멋대로야."

"헝겊인형?"

"응. 그러니 만져도 독은 없어. 조금 전 실도 그냥 솜을 꼰 거고."

"그랬군요. ……샤루. 고마워."

감사 인사를 하자 샤루는 클루의 모습을 살피듯이 눈동자를 움직였다. 그리고 클루가 정말로 싫어하지 않는다는 사실을 깨달았는지 이윽고 로브 안에서 다리 하나를 꺼냈다. 그 끝에는 조금 전에 만든 천이 쥐여져 있었다.

이제는 그 천을 받아드는 데 망설이지 않았다.

"고마워."

그러나 샤루는 결국 부끄러워졌는지 클루에게 그것을 건네더니 머리끝까지 완전히 로브 안으로 쏙 들어가버렸다. 옷자락이 잠시 부스럭부스럭 부스럭부스럭 흔들렸지만 이윽고 그것도 사그라졌다.

"등에 기어올라 왔어. 많이 쑥스러웠나 봐."

"귀여워요."

그렇게 말하자 그녀는 "너무 귀여워서 탈이지"라고 말하며 웃었다. 그리고 나서 마침내 알아차렸다는 듯이 그 손을 머리에 갖다 댔다.

"……맞다, 잠깐 실례할게"

그리고 후드를 벗었다. 눈동자보다도 조금 짙은 색의 머리카락이 들여다보였다. 바깥으로 드러난 얼굴에 빙긋이 미소 짓고 있어서 어딘가에서 본 것처럼도 느껴졌다.

누군가를 닮았다. ──그 사람이 누구인지는 생각나지 않았다. 하지만 확실히 어딘가에서.

"당신은…… 마법사, 지요?"

"마법사지만, 마법사 '같은 사람' 정도로 생각해줄래?"

"같은 사람? 당신은 그 사람들의 동료가 아닌가요?"

"설마."

질문하자 마치 유감스럽다는 듯이 미간을 찡그렸다. 토라진 듯이 입술을 삐죽대며 클루의 질문에 항의하는 투로 답했다.

"난 귀여운 걸 좋아해. 귀여운 걸 괴롭히는 사람은 싫어."

"아……."

뭐라 답해야 할지 몰라서 어중간하게 대답했다. 그녀는 몹시 어이가 없다는 모습으로 한숨을 쉬었다.

"너, 부모님 안 계시지?"

깜짝 놀라서 고개를 들었다. 그 사실을 어떻게 아는 걸까 ──그러나 유심히 생각해보면 이상한 일도 아니다. 조금 전의 마법사가 한 말을 기억하고 있을 뿐이겠지.

"조심해. 네가 귀여워서 그런 거짓말로 유괴하려는 무리들이 여기저기 많으니까."

"거짓말……. 이었던 건가요?"

"저 사람들이 하는 말, 믿을 수 있을 것 같아?"

그녀의 물음에 그만 말문이 막혔다. 아무튼 상대는 자신의 '체질'을 알고 있었다. 따라서 부모님에 대해 알고 있어도 이상하지 않았다, 하지만. 상대는 자신을 잡기 위해서 스푸트니크를 인질로 삼으려는 지독한 사람이다. 그런 사람을 믿을 수 있냐고 한다면——

클루는 천천히 고개를 가로저었다.

그 모습에 그녀는 살짝 웃었다.

"어젯밤에 그 마법사를 발견하고 거동이 수상해서 신경이 좀 쓰였는데 지켜보고 있길 잘한 것 같아. 하여간에, 여자아이를 덮치다니, 완전 야만인이야."

"구해주셔서 감사합니다…… 저기, 언니, 이름이 뭐예요?"

"이름을 댈 만한 사람이 아니니 신경 쓰지 마."

"하지만……."

"그것보다 네가 들고 있는 그 물건, 부서졌네?"

그 물건. ——그 말을 듣고 떠올렸다.

손안의 망가진 검은 고양이. 세게 쥔 탓에 손바닥에는 자국이 나 있었다.

"녀석들 너무하네, 너한테 중요한 물건을 망가뜨리다니."

"아뇨, 제 물건이 아니에요."

"어머, 그래?"

"네. 제 게…… 제, 제 게 아니라."

자신의 물건은 아니다.

──그렇다면 누구의 물건일까?

그 생각을 하자 눈시울이 순식간에 뜨거워졌다. 동시에 목이 메고 목소리가 떨리기 시작했다.

"가게에서 팔 물건인데, 스, 스푸트니크, 가 맡아, 다, 달라고 해서, 그래서, 그래서, 소중히, 가방에, 넣고 있었는데."

"그래, 그랬구나."

"흑, 흐흑, 흐흐흑."

울어도 해결되지 않는다는 사실을 알고 있어도 눈물을 멈출 수 없었다.

무릎을 닦기 위해서 받은 천으로 눈물을 닦았다. 그녀는 그런 클루의 곁에 주저앉더니 천천히 머리를 쓰다듬어주었다. 그 손은 따스했고 천 또한 보드라웠지만, 위로받는 것은 클루뿐이었고 그 물건을 판매하려고 했던 스푸트니크와 그 물건을 받게 될 가족에게는 닿지 않을 터였다.

그러나 그들은 분명 물건이 망가진 것을 클루의 탓으로 돌리지 않을 것이다. 그 사실이 클루를 또다시 슬프게 만들어서 눈물은 멈출 줄 몰랐다.

"울지 마."

그런 클루에게 속삭이듯이 그녀는 말했다.

흐읍, 흑, 흐윽 하고 흐느끼는 클루의 머리를 다시 한 번 쓰다듬고 그녀가 한 말은.

"언니가 고쳐줄게."

"흐읍, 윽, 윽…… 흐윽……?"

눈물은 이윽고 솟구친 의문부호에 사라졌다.

고친다. 그 말은 거짓말이나 농담이나 그와 비슷한 것이 아닌 듯이 들렸다. 하지만 어떻게 해서?

눈을 크게 뜨고 그녀를 보았다. 그녀는 재밌는 것을 봤다는 듯한 표정을 짓고 있었다.

"후훗, 울음 그쳤네."

"고……고칠 수 있어요……? 하지만 이거, 이렇게, 이렇게 돼버렸는데."

"잠깐 빌려줄래?"

경첩이 떨어지고 한쪽 귀가 부러진 고양이를 보아도 그녀는 동요하지 않았다. 여유로운 미소를 짓고 받아들더니 고양이 상반신을 하반신 위에 얹어서 자신의 양손 위에 놓았다.

"언니는 말이지, 마법사 같은 사람이야. 그래서."

갑자기 손바닥에서 흘러넘치는 하얀빛의 격류가 검은 고양이를 단숨에 감쌌다.

하얀빛은 마치 샘처럼 솟아나온 후, 흐르듯이 공중에 흩어져갔다. 이윽고 큰 빛이 사라질 무렵, 그녀의 손바닥에 남은 것은,

"와아……!"

"이런 것도 가능해."

상처 하나 남지 않은 멋진 검은 고양이의 모습이었다. 확인하듯이 그녀가 경첩 부분을 열자 그곳에는 낯익은 자그마한 반지가 확실히 놓여 있었다.

자아, 받아, 하고 클루의 손에 쥐어주었다. 놀람과 기쁨에 아무 말도 하지 못하고 고양이와 그녀를 번갈아 보고 있자 그녀는 윙크를 하더니 "한 번 부서진 건 네 주인님한테는 비밀이야"라고 말했다.

"그리고 그 김에."

사라지지 않고 남은 빛이 반짝반짝 날아서 클루의 발밑에 닿았다. 그리고 긁힌 상처가 순식간에 나았다. 그 모습을 보고 그녀는 좋았어, 하고 웃었다.

그 웃는 얼굴을 보고 클루는 생각했다. ──뭔가 보답해야지.

구해줬을 뿐만 아니라 상품도 고쳐주고 상처까지 치료해줬다. 아무 보답도 하지 않고 헤어질 수는 없었다.

주머니를 뒤졌다. 그러자 손끝에 닿는 것이 있었다. 맞다, 이건.

쥐고 꺼내자 예상대로 노란색 보석이 나왔다. 어젯밤에 진저에일을 마셨을 때 '토한' 것으로, 아침에 세정해서 주머니에 넣어뒀다. 사실은 아침 식사 시간에 스푸트니크에게 건네려고 했는데 깜박 잊고 있었다.

나중에 그때 그 스톤은 어떻게 했냐고 스푸트니크가 물을지도 모르지만, 은인에게 감사 인사로 건넸다고 말하면 되겠지. 애초에 클루의 것이기도 하니까 말이다.

그래서.

"저기, 저기요."

클루는 보석을 손바닥에 놓고 그녀를 향해서 내밀었다.

"이거, 괜찮으면 받아주세요. 보답이에요, 대단한 건 아니지만요."

"어머나. ……하지만 이렇게 훌륭한 보석을."

"아, 저기, 전 보석점에서 일하고 있어요. 그래서 많으니까…… 괜찮으시면."

주저하는 모습을 보이는 그녀에게 거듭 말했다. 뭐라고 말하면서 권하면 그녀가 받아줄까. 클루는 자신의 부족한 어휘력에 답답한 기분을 느꼈다.

그녀는, 강한 어조로 계속해서 말하는 클루를——정확하게는 그 손에 놓인 보석을 잠시 멍하니 바라보고 있다가, 이윽고 입을 살짝 열었다.

마치 꿈을 꾸는 듯한 어조였다.

"이 보석. ……너의, 것이니?"

너의, 라는 말에 당황했지만 '네 소유물' 정도라고 추측했다.

그래서 클루는 고개를 크게 끄덕였다.

"네."

"그렇, 겠지."

반복하는 말이 어째서인지 떨리고 있었다.

울고 있는 것은 아닌 듯했지만 말이다.

"고마워."

그녀는 보석을 받친 클루의 손을 자신의 양손으로 감싸더니 눈을 감았다. 그녀의 양손은 몹시 차가웠다.

따뜻하게 데워주면 그것도 감사의 뜻이 될까. 그렇게 생각했을 때 그녀가 눈을 떴다. 들여다보인 모습이 역시 누군가를 닮은 것 같은 느낌이 들었다.

그녀가 속삭이는 듯한 잠긴 목소리로 말했다.

"소중히 간직할게."

그녀는 받아든 보석을 잠시 바라보고 있었지만, 이윽고 손수건을 꺼내더니 그것을 살포시 감쌌다.

소중히 간직해주는 것은 고마웠지만, 그렇게 조심스럽게 다루니 그 물건을 '만든' 클루로서는 왠지 쑥스러워졌다. 스푸트니크도 자신의 작품을 누군가가 사 갈 때 이런 기분이 들까.

그녀는 보석을 손수건째 주머니에 넣더니 클루를 다시 보았다.

"그럼. ……이렇게 만나게 됐는데 아쉽지만 슬슬 헤어져야 할 것 같아. 네 주인님이 걱정할 테니까."

"아, 저, 저기."

후드를 원래대로 뒤집어쓰고 그녀는 그렇게 말했다. 그러나 클루는 무슨 일이 있어도 지금 그녀를 돌려보내고 싶지 않았다. 이대로 헤어지면 두 번 다시 만나지 못할 것 같은 느낌이 들었기 때문이다.

"괜찮다면 스푸트니크에게…… 점주님에게 소개하고 싶은데. 저, 언니한테, 좀 더, 제대로 보답하고 싶어요. 언니는 내 은인이에요."

"고마워. ……하지만 안 될 것 같아, 미안해."

"그럼, 적어도 이름만이라도 알려줘요!"

그만 거친 소리가 나왔다. 샤루가 놀랐는지 로브 허리 부근이 부스럭 움직였지만 상관없었다. 자신의 필사적인 마음이 샤루에게도 전해졌으면 좋겠다고 생각하면서 자기소개와 질문을 했다.

"전 클루예요. 리아피아트 시에 있는 스푸트니크 보석점이라는 가게에서 종업원으로 일하고 있어요. 언니는요?"

"난……."

그녀는 침묵한 후, 후드를 조금 올렸다. 의심하는 듯한 눈동자에 클루를 비추고 고개를 갸웃거렸다.

"내 이름. 아무한테도 말하지 않겠다고 약속할 수 있어?"

"네."

"그럼……. 잊어버려도 돼, 기억하지 않아도 돼."

하지만 어떤 긴 이름이라도 잊어버릴 리가 있을까.

청각에 온 정신을 집중시키는 클루 앞에서 그녀는 자신의 이름을 말했다.

"프랑소아즈. ……다들 팡숑이라고 부르지만."

"팡숑 씨. 멋진 이름이에요."

"고마워."

클루는 그녀를 굳이 애칭으로 불렀다. 그러자 그녀, 팡숑은 기쁜 듯하면서도 눈물을 터뜨릴 듯한 불가사의한 얼굴을 했다. 그리고.

"나에 관해서 아무한테도 말하지 말아줘."

그녀의 불안한 간청에 클루는 깊이 수긍했다. 어떤 이유가 있는지는 모르지만, 약속은 지켜야 한다. 그리고 은인과 한 약속이라면 더욱더 그러했다.

"안심하세요. 전 입이 무거운 걸로 유명하니까요."

사실 그런 말은 한 번도 들어본 적 없고, 숨기는 일은 점주에게 늘 금방 들키지만 말이다.

하지만 그 정도 마음가짐이었다. 그래서 가슴을 펴고 탕하고 두드리고서 "맡겨주세요" 하고 말했다. 팡숑은 그 말에 얼굴을 살짝 일그러뜨리고 웃었다.

"듬직한걸."

클루에게는 그 말이 빈말로 들리지 않았다.

말이 끝나자 팡숑은 깊이 인사를 했다. 그러고 나서 등줄기를 꼿꼿하게 세우더니 팔을 아래에서 위로 크게 흔들었다. 그 손끝에서 빛이 나와서 하늘로 똑바로 날아가더니 어느 정도쯤 되는 높이에서 조용히 폭발했다. 마법의 빛이 한

순간 파란 하늘을 하얗게 물들였다.

그것을 확인하고 팡숑은 클루를 보았다.

"바로 누가 데리러 올 테니 여기서 기다려. ……난 갈게. 지금은 그 사람과 만나서는 안 되니까, 미안."

"누가 데리러 와요? '그 사람'은 누구예요?"

누군가가 와준다고 해도 그 '누군가'가 누군지 모르면 불안했다. 그리고 그녀가 나쁜 사람에게 쫓기고 있다면 이번에는 자신이 도울 차례였다.

그렇게 생각해서 두 가지 질문을 했지만 두 질문 모두 답이 같았는지 그녀는 양쪽 질문에 단 한마디로 답해주었다.

"내 약혼자."

"약혼자?"

"그럼, 클루. ……언젠가 또 보자."

조금 전과 같은 하얀빛이 손바닥에서 치솟았고, 이윽고 그녀의 검은 전신을 감쌌다. 로브의 옷깃 언저리에서 핑크색 다리가 들여다보였고 작별 인사를 하듯이 좌우로 흔들렸다.

"팡숑 씨, 샤루."

희미해져 가는 그들의 모습을 향해서 이름을 불렀다. 그 소리가 들리는지 어떤지 모르는 채 클루는 계속 말했다.

"안 잊을 테니, 언젠가 다시 봐요."

빛과 함께 사라지기 직전, 팡숑이 웃고 있는 것처럼 보였다.

──그녀가 사라지는 것과 동시에 밝았던 길은 쥐 죽은

듯이 고요한 어두운 골목길로 돌아왔고, 클루는 홀로 남겨졌다.

하지만 신기하게도 외롭지 않았다. 따뜻한 미소와 그들이 베풀어준 친절과 손에 쥐고 있는 자그마한 천. 이것을 보물로 간직하자고 생각해서 클루는 천을 정성스럽게 접어 포셰트 안에 넣었다. 언젠가 다시 만났을 때 그때는 고마웠다고 말하기 위해서.

그렇다면 팡송이 말한 '데리러 오는 사람'는 어떤 사람일까. 그녀의 약혼자라고 했다. 그렇다면 남자인가. 저렇게 멋진 사람의 약혼자니까 분명 근사한 사람이겠지. 키가 훤칠하게 크고 멋있고 자상하고…… 아니 하지만 그녀가 '만날 수 없다'고 했으니 어쩌면 굉장히 짓궂고 성격이 괴팍한 사람일지도 모른다.

불안하고 초조한 기분이 들었지만, 그렇게 기다린 시간은 그리 길지 않았다.

──'데리러 온 사람'의 목소리가 하늘에서 들렸다.

"쿠!"

갑자기 불린 애칭에 클루는 깜짝 놀라며 그쪽을 올려다보았다. 그곳에 자신을 데리러 온 사람이 있으리라고 믿으며──하지만.

"……어?"

자신이 본 그 사람을 순간적으로 믿을 수 없어서 클루는 부르는 소리에 답하는 것도 잊고 숨을 멈추었다.

지붕보다 조금 높은 곳에 '데리러 온 사람'의 모습이 보였다. 하늘을 등지고 허공에 서 있는 그의 모습은 역광 때문에 보기 조금 힘들었지만, 그렇다고 클루가 그 사람이 누구인지를 모를 리 없었다. 이곳에 상당히 서둘러 왔는지 그는 어깨로 숨을 쉬고 있었는데 올려다본 그녀와 눈이 마주치자 보기 드물게도 그의 표정이 자상하게 누그러들었다.

공중에 서 있는 그. 그 사람은 바로 '키가 훤칠하게 크고 멋있고 자상하지만 짓궂고 성격이 괴팍한' 사람이었다. 그렇다는 사실은 다름 아닌 클루가 잘 알고 있었다.

등 뒤에 모르는 소녀를 데리고 있었지만, 그 모습은 틀림없었다.

"어째서⋯⋯."

그런 때가 아니었다면, 팡숑의 말을 듣지 않았다면, 클루는 데리러 와준 그의 모습에 기뻐하고 웃으며 손을 크게 흔들었을 텐데.

──그러나.

그 '데리러 오는 사람'을 그녀는 '약혼자'라고도 불렀다.

받아들이기 힘든 그 모습. 멍하니 있는 중에도 그는 허공에서 뛰어내려 이쪽으로 달려왔다. 이런 때가 아니었다면, 클루는 하늘을 떠도는 그의 모습을 넋을 놓고 보며 가슴이 설레서 뺨을 붉히고 있었을 것이다. 마법사에게 습격받았다는 두려움은 말끔히 잊고 기뻐서 펄쩍 뛰며, 어쩌면 '멋있다'고 외쳤을지도 모른다. 그러나.

……그러나.

숨을 헐떡이며 달려온 스푸트니크는 어째서인지 신발을 신고 있지 않았고, 옷은 여기저기 더럽혀져 있었다. 클루의 어깨를 잡고 무언가 외치고 있는 것 같았지만, 무슨 말을 하는지 잘 알 수 없었다.

자신의 고용주. 둘도 없는 사람. 단 하나의 가족. ──일 터인 그.

하지만 낯선 여성에게 '약혼자'라고 불린 사람.

눈앞에 있는 사랑스런 사람의 얼굴이 몹시 멀게 느껴져서 클루는 그저 망연자실하게 우두커니 서 있었다.

*

"쿠!"

수수께끼의 빛이 시작되는 곳에 역시 클루가 서 있었다.

누군가와 함께 있나 했지만 그렇지 않았고 어둑어둑한 골목길에 혼자 오도카니 멈춰 서 있었다.

그녀의 애칭을 큰 소리로 부르자 그녀는 깜짝 놀라며 이쪽을 쳐다보았다. 멀리서 보기에 특별히 위해를 입은 흔적은 없는 것 같았지만, 빨리 그녀의 곁으로 가야겠다──고 생각하다가 깨달았다.

"야, 변태! 이거 어떻게 내려가는 거야?!"

"누가 변태란 거야?!"

빗자루를 타고 뒤에서 쫓아오던 소아란을 향해서 외치자 항의의 대답이 돌아왔다. 뛰어오르는 법이나 달리는 법은 대강 알고 있지만, 내리는 법은 배우지 않았다.

"됐으니까 얼른…… 아아, 귀찮아!"

설명을 기다리는 시간도 아까워서 잽싸게 끝내려고 신발 뒤꿈치에 손가락을 걸었다. 한쪽 신발을 벗자 지탱하는 힘이 단숨에 약해지는 것을 알 수 있었다.

그 모습을 보고 놀란 것은 소아란이었다. 빗자루를 탄 채 눈을 부릅뜨고 외쳤다.

"앗?! 너 뭐하는 거야? 떨어져──."

"착지, 부탁할게!"

양쪽 신발을 벗자 중력이 확실히 몸에 돌아왔다. 여전히 그 자리에 계속 있으려고 하는 신발을 스푸트니크는 주저하지 않고 놓아버렸다. 발밑에 지지대가 없다는 위화감과 위장이 아래에서 억지로 끌어올려지는 듯한 불쾌감. 그러는 가운데, 소아란의 목소리가 들렸다.

"잠깐만──아, 못 살아!"

그 직후, 입자 상태의 하얀빛 몇 개가 낙하하는 스푸트니크를 앞질러왔다.

빛은 스푸트니크보다 빨리 지면에 도달하더니 그와 지면 사이에 크게 퍼졌다. 빛이 부드러운 쿠션 같은 감촉으로 받아들여주어 스푸트니크는 한 번 크게 튕겨 오르고 나서 지면에 착지했다. 하늘을 올려다보자 소아란이 이쪽으로 팔을 뻗은 자세로 "안 늦었군" 하고 안도의 한숨을 쉬고 있었다. 그래서.

"가끔은 쓸 만한 짓도 하는구나, 변태!"

"그거 뭐야?! 칭찬하는 거야, 놀리는 거야?!"

절규가 하늘에서 내려왔지만 무시했다. 정확하게는 '순순히 감사 인사를 하고 싶지 않아서 알기 쉽게 놀렸'지만, 그런 말을 일일이 전하기가 귀찮았다. 눈앞에 좀 더 중요한 일이 있었기 때문이다.

양말을 신고 지면을 밟자 발이 따끔했다. 하지만 그럼에도 개의치 않고 오로지 달렸다. 고용주가 하늘에서 내려와서 놀랐는지 눈을 동그랗게 뜨고 있는 클루의 뺨에서 핏기가 가셔 있었다.

"괜찮아? 무슨 일 있었어? 다친 데는 없고?"

눈높이를 맞추고 어깨를 잡고 흔들었지만, 그녀의 눈동자는 초점이 맞지 않았다. 겉으로 보기에 특별히 상처를 입은 것 같지는 않지만 말이다.

"떨어져 있었어. 이걸로 부른 것 같네."

돌아보자 소아란은 이미 빗자루를 치우고, 대신 종잇조각을 들고 서 있었다.

스푸트니크가 소아란의 검지와 중지 사이에서 팔랑이는 것을 받아들고 확인하자, 지도 한 장이었다. 상회에서 이 골목길까지의 코스가 그려져 있었다──그 사실을 깨달은 순간, 머리에 열기가 확 오르는 것을 알 수 있었다. 내가 없는 사이에 용케도 우리 종업원을!

클루를 잘도 꾀어냈는데 아무 짓도 하지 않고 도망친 이유를 알 수 없었다. 스푸트니크를 잡는 데 실패한 것이 원인일지도 모르지만, 그 점에 대해서는 마법사 당사자에게 묻는 수밖에 알 방법이 없을 듯했다. 지금은 그것보다 훨씬 중요한 일이 있었다. 이곳에 없는 범인에게 분노를 퍼붓기보다 먼저 해야 하는 일이 있었다.

어둑어둑한 골목에 혼자 남겨져 있던 클루. 괜찮은지 다시 한 번 물으려고 하다가 관두었다. 아무래도 상태가 이상했기 때문이다.

눈에 눈물이 글썽였지만, 아랫입술을 꽉 물고 참고 있었다. 다만 그것은 공포에 질려 있다든가 과거의 두려웠던 일을 떠올린 것과는 다른 듯했다. 조금 불그스름한 뺨과 크게 뜬 눈, 그리고 훌쩍거리는 코는 대체 어떻게 해석해야 좋을까——그녀의 어깨를 감싼 채 생각했지만 도무지 알 수 없었다.

그렇다고는 하나 무슨 일이 있었던 것은 확실했다. 한참 고민한 끝에 스푸트니크는.

"이제 괜찮아. 내가 있잖아."

최대한 자상한 목소리로 클루의 머리카락을 살짝 쓰다듬었다.

그 대응은 틀리지 않은 모양이지만, 아무래도 정답은 아닌 듯했다.

쿠는, 하고 작은 목소리로 중얼거린 채 클루는 계속 뽀로

통하게 있었다.

6

그날 저녁 무렵, 리아피아트 시로 돌아가는 마차가 준비
되었다.

숙소 앞에서 헝겊인형이 들어간 가방을 마부에게 내밀며
스푸트니크는 손목시계를 보았다. 이 시간에 출발하면 리아
피아트 시에는 한밤중에 도착한다. 자칫하면 마차 안에서 아
침을 맞이하게 될지도 모르지만, 그럼에도 돌아가기로 결정
한 이유는 마법사가 다시 습격할 것을 염려한 것도 있으나
무엇보다 클루가 이 도시에 있기 싫어했기 때문이다.

그 골목길에서 대체 무슨 일을 당했는지 몇 번을 물어도
입을 열려고 하지 않았지만, 상당히 무서운 일을 겪은 모양
이었다. 그로부터 계속 스푸트니크의 옷자락을 붙잡고 놓
으려고 하지 않았기 때문에 그는 옷을 갈아입는 데도 고생
했다.

클루는 지금 화장실에 갔다. 마침내 떨어져준 그 틈에 스
푸트니크는 짐을 마차에 싣고 있었다.

마부에게 팁을 건네고 귀중품 이외의 모든 소지품을 맡겼
을 때 갑자기 등에 시선을 느꼈다. 악의는 느껴지지 않았지
만, 사람을 얕보듯이 쿡쿡 찌르는 시선이었다.

돌아본 그곳에는 역시.

"······아직 뭔가 할 말이 남았어?"

"어머나, 단순히 배웅하러 온 거야. 실례잖아."

예상대로 뾰로통한 유키가 서 있었다.

스푸트니크와 마찬가지로 어젯밤부터 쉬지 않고 일한 주제에 그 눈이나 표정에 피곤한 기색은 없었다. 화장 때문에 얼굴 혈색까지 좋아 보이는 걸까.

어찌 되었든 그녀는 피로의 기색을 숨기지 못하는 동생에게 정말 즐거운 듯이 손을 살랑살랑 흔들었다.

"부디 몸 조심해, '스푸트니크 님'. 가는 길에 도적들한테 습격당해서 여자애를 고용하게 되지 않기를 바랄게."

"그렇게 되면 너한테 또 편지 보낼 거야."

"아하하."

그의 대답에 유키는 걸작이라는 양 소리 높여 웃었다.
──못 말린다니까.

어처구니가 없다는 사실을 알기 쉽게 나타내기 위해서 스푸트니크가 한숨을 쉬고 유키에게 등을 돌린 그 순간, 갑자기 그녀가 '그'를 불렀다.

"저기──."

반사적으로 돌아보고 나서 유키가 부른 이름이 '스푸트니크'가 아니라는 사실을 깨달았다.

히죽히죽 웃는 유키의 얼굴을 노려보았다. 그러자 유키는 미안한 기색도 없이 혀를 날름 내밀고 "잘못 불렀네"라고 말했다. ······고의적으로 그렇게 부른 주제에.

"잊어버리지는 않았네?"

"잊어버릴 리가 있겠어."

대들듯이 대답했다. 잊어버릴 리가 없지 않은가──자신의 본명을.

"스푸트니크는 내가 붙인 별명이었지. 늘 내 뒤를 따라다니니까 '스푸트니크'라고 붙였지."

"필요할 때 옆에 없으면 바로 폭발했잖아."

"아코, 아코, 하고 늘 내 뒤를 따라다녔지. 그 무렵의 넌 귀여웠어. 우훗."

"내 이야긴 안 듣고 있군."

정확하게는 듣고는 있겠지. 다만 무시하고 있을 뿐.

예상대로 그녀는 우후후 하고 웃을 뿐, 스푸트니크의 항의에는 아무 말도 하지 않고 그대로 흘려보냈다.

"맞다, 예전부터 묻고 싶었는데, 이름, 왜 그걸로 한 거야?"

"너랑 상관없잖아."

"혹시 내가 그렇게 그리웠어?"

"그렇게 생각하든지."

"'누나'한테 거짓말을 해선 안 된다는 거 아직도 모르겠어?"

"아야야야야야야."

그녀는 웃는 얼굴로 귀를 잡아당겼다. 그렇지 않다는 사실을 알고 있으면서 왜 묻는 거야!

스푸트니크가 무조건 사과하자 그녀는 마침내 귀를 놓아주었다. 스푸트니크는 귀를 문지르면서 떨떠름하게 사실을 밝혔다.

"상인으로서 기발한 이름이 고객이 기억하기 쉽잖아. 그 뿐이야. ……사실은 고객이 어느 정도 늘면 적당한 시기에 본명으로 바꿔서 일할 생각이었어. 하지만."

"하지만?"

"……아무것도 아냐. 그것뿐이야."

"흐음."

이어지는 말을 확실히 숨겼는데 이번에 그녀는 기분이 상한 기색을 보이지 않았다. 다만 만족스럽다는 듯이 표정을 누그러뜨리는 그녀를 보자 김이 샜다.

"화 안 내는 거지?"

"대충 알 것 같으니 용서해줄게. ……담당하는 지점의 점주가 종업원을 위하는 사람이라서 나도 자랑스럽네."

하지만 그 말투에 무심코 얼굴이 찌푸려졌다. 그것은 어디까지나 편리성을 생각해서 내린 판단과 행동이지, 누군가에게 칭찬받고 싶거나 클루에게 신세를 지게 하겠다는 뜻에서 가명을 사용하는 것은 아니었다──불쾌하기 짝이 없었다.

하지만 유키는 스푸트니크의 그런 생각을 아는지 모르는지──아마도 '알면서도 굳이'──또 짓궂은 표정을 지었다.

"저기, 스푸트니크."

"왜."

"이번에 방문할 때 클루를 왜 데리고 왔는지 맞춰볼까?"

"……그건, 그냥."

"변덕이라고? 그런 웃긴 소리는 집어치우고."

속을 알 수 없는 다갈색이 스푸트니크를 비추었다. 무슨 생각을 하는지 알 수 없는 그 머리로 결국은 자신의 모든 것을 꿰뚫어 보고 있었다.

"클루를 혼자 두는 게 두려웠지? 그 도시가 마법사에게 부적합한 땅이라고는 해도 마법소녀를 자칭하는 마법사가 방문해서 마법이라는 힘을 휘둘렀던 그 땅에 그 아이를 혼자 남겨두는 게. 그 마법소녀만 마법사 중의 '예외'라고 단정할 수는 없겠지. 어쩌면 그 외에도 있을지도 모르지."

"그래, 하지만 내 판단 미스였어."

내뱉은 그 말은 자신이 생각했던 것 이상으로 분노의 기색이 짙었다.

유키가 말한 대로 스푸트니크는 요전번의 마법소녀 사건으로 리아피아트 시가 안전한 장소가 아니라는 사실을 사무칠 만큼 깨달았다. 그 때문에 클루를 혼자 남겨두고 도시를 떠나기가 꺼려져서 몹시 고민한 끝에 데리고 가기로 했지만——결국 그 판단에 대한 예상은 틀어졌다.

모든 것은 자신의 책임이다. 정리가 되지 않는 머리를 벅벅 긁으면서 뜨겁고 무거운 한숨을 쉬었다.

"그럼 뭐야. 인정하면 만족할 거야? 땅에 이마를 대고 사죄라도 하란 거야? 아니면."

"그렇게나 소중하다면."

그녀가 가로막은 말에 차가운 기색은 없었다.

자애라고 하면 과장스럽겠지만 온기가 느껴졌다. 스푸트니크가 거기에 어떻게 반응해야 할지 망설이며 아무 말 없이 있는 동안에 유키는 그의 귀에 입술을 갖다 대고 재빨리 속삭였다.

무척이나 짧은 충고였다.

"마법사를 조심해."

그리고 그 말만 하고 얼른 떨어졌다.

이제 와서 새삼스럽게 충고받을 일은 아니라고 생각했지만, 그녀가 일부러 말했으니 분명 의미가 있겠지. 그래서.

"……명심해둘게."

"좋았어."

고개를 순순히 끄덕이자 그녀는 몹시 만족스럽게 가슴을 폈다.

"그럼, 난 슬슬 일하러 돌아갈게."

"쿠는 안 볼 거야?"

그녀는 망설이듯이 하늘을 보더니 "지금은 관둘래" 하고 어깨를 으쓱했다. 그와 동시에 그의 눈앞에 종이봉투를 내밀었다. 갈색 봉투 입구를 흰색과 물색 노끈으로 감아서 고정시킨 것이었다.

"이건, 뭐야."

"멀미 방지 사탕. 올 때 힘들었잖아?"

오는 길, 창백한 얼굴로 웩웩거리던 생물체를 떠올렸다.

생긋생긋 잘 웃는 그 아이의 시들시들한 모습은 보고 있으면 기분이 썩 좋지 않다.

"돈은 됐어. 클루한테 먹여."

"고마워."

받아들어 가볍게 흔들어보자 물건끼리 툭툭 부딪치는 작은 소리가 났다. 과연, 내용물은 확실히 사탕인 듯하다. 조금 망설이고 나서 상의 안쪽 주머니에 넣었다.

"용건은 이상이야. 또 무슨 일 있으면 연락해. ……아, 그리고 좀 준비해줬으면 하는 액세서리가 있어. 조만간 편지 보낼게."

"알겠어. 기다리고 있을게."

동생의 경박한 경례에 누나는 기쁜 표정을 지었다.

그리고 마지막으로 작별 인사를 했다.

"그럼 또 봐. '클리우'."

그러나 그 이름은.

"……스푸트니크, 야."

나지막한 목소리로 정정했지만 유키는 그것마저도 더 없이 행복하다는 듯이 우후후 하고 웃으며 등을 돌렸다. 통통 튀는 듯한 명랑한 걸음걸이로 길을 걸어 모퉁이를 돌자 그녀의 모습이 사라졌다. 그러고는 돌아오지 않았다.

──옛날에도 지금도 그리고 앞으로도.

이 여자는 당해낼 수 없을 것 같다.

그때 갑자기 불어온 맞바람에 스푸트니크는 무심코 눈을 가늘게 떴다.

그녀가 이곳에 있었던 흔적을 쓸어가려는 듯한 회오리바람이었다. 그러나 그런 바람이 불어오지 않더라도 유키와의 이별에 심취해 있을 시간은 없었다. 바람이 지나간 직후, 몹시 슬프고 기력 없는 목소리가 그의 귀에 닿았기 때문이다.

"스푸트니크. 스푸트니크으으."

그와 동시에 클루가 숨을 헐떡이며 숙소에서 뛰어나왔다. 불안하게 뺨을 일그러뜨리고 있었고, 커다란 눈은 눈물을 애써 참고 있었다.

그의 모습을 확인하더니 탁탁 뛰어와서 그에게 힘차게 매달렸다——그와 동시에 그의 몸에 얼굴을 부딪쳤다. 왼팔을 스푸트니크의 등에 두르면서 오른손으로 코를 문질렀다. 역시 나름대로 아팠던 모양이다.

충분히 문질러서 코의 아픔을 가라앉히고서 클루는 고개를 들었다. 원망스러운 표정을 짓고 있었다.

"왜 먼저 가버렸어요?"

"짐을 싣고 있었어. 네 짐도 넣어뒀으니까 이제 출발할 거야."

마차를 가리키고 답했다. 숙소 정산도 끝났으니 준비는 만전이었다.

하지만 그녀는 그런 상황 설명이 듣고 싶었던 것은 아닌 모양이었다. 서운한 듯이 얼굴을 찡그렸다.

"먼저 가면 안 돼요."

그리고 자신의 한심한 표정을 감추듯이 고개를 숙이고 말했다.

"함께 있는 게 아니면 싫어요."

이후 매달린 채 떨어지지 않았다. 아무리 시간이 지나도 움직이려고 하지 않아서 어깨에 손을 얹고 가볍게 흔들었다.

"떨어져. 못 걷겠어."

"상관없어요."

"내가 상관있어."

"…………."

그러나 그녀는 아무 말도 하지 않았다. 몸이 흔들리는 대로 흔들리며 토라진 채 가만히 있었다.

그 모습을 보고 스푸트니크는 조금 전에 유키가 클루에 대해서 뭔가 말하고 싶어 했던 것을 떠올렸다. 클루가 아이처럼 행동하는 것은 역시 그 골목에서 마법사에게 느낀 공포심 때문일까. 아니면 유키가 뭔가?

"……정말이지."

그렇다고는 하나 어찌 되었든 이곳에 내내 서 있을 수는 없었다. 녹초가 되긴 했지만——하고 마음속으로 중얼거린 다음 스푸트니크는 무릎을 천천히 굽혀서 자세를 낮추었다.

고집스럽게 움직이지 않던 클루도 갑작스런 그의 행동을 이상하게 생각했는지 팔을 떼어냈다. 그리고 의아한 듯이 스푸트니크를 지켜보았다.

　……그런 그녀의 등에 왼팔을, 무릎 뒤에 오른팔을 끼워서.

　"꺄악."

　"이걸로 됐습니까? 공주님."

　허리와 무릎에 부담이 느껴졌지만, 참을 수 없을 정도는
아니었다. 얼굴을 붉히며 가슴 앞에서 손을 깍지 끼고 뭐라
고 웅얼대는 클루를 끌어안은 채 마차 안으로 데려갔다.

　진행 방향의 정면을 보도록 앉히고 기울어진 모자를 바로
잡아주었다――그때, 문득.

　시험해보고 싶은 것이 있었다.

　"저기, ……'클리우'."

　그것은 단순한 변덕이었다.

　단순한 변덕에 친 단순한 작은 장난이었다.

　"네?"

　"……하핫."

　하지만 그녀는 그 장난을 알아차리지 못하고 여느 때처럼
대답했기 때문에 스푸트니크는 그만 소리 높여 웃어버렸
다. 자신의 생각에 확실한 증거를 얻은 듯한 기분이 들었던
것이다.

　기억을 많이 잃은 그녀가 간신히 기억하고 있었던 것은
――'클루'라는 자신의 이름이었다. 예전에 그 이름을 그녀
의 입을 통해 들었을 때 스푸트니크는 생각했다.

　이 여자아이의 고용주가 말하기에 그 이름은 그녀의 이름

과 '너무 비슷했다'.

"저기 왜 웃었어요? 그리고 스푸트니크는 나를 늘 쿠라고 부르면서 왜 갑자기 클루라고 불렀어요?"

"아무것도 아니야. 그렇게 부르고 싶은 기분이었을 뿐이야."

"그런 기분은 어떤 기분이에요?"

"거참 시끄럽네. 꼬맹이들은 모르는 기분이야."

"음…… 아이니까 알 수 있도록 설명해줘야 한다고 생각해요!"

"꼬맹이가 큰 소리 치기는."

어째서 웃었는지 설명하기에는 무척이나 번거로웠고 애초에 알게 할 필요가 없는 일이었다. 거리를 좁혀오는 클루에게 한쪽 팔을 흔들어서 대응하며 그녀의 건너편에 앉았다.

그러자 그때 마부석에서 소리가 들렸다. 기다리기 몹시 지쳤다는 듯한 나른한 목소리였다.

"손님. 슬슬 출발해도 될까요?"

"아, 출발해줘."

"그럼 출발합니다."

그 짧은 말이 출발 신호가 되었다

창 건너편에서 마부가 고삐를 잡아당겼다. 말이 머리를 흔들자 이윽고 바퀴가 소리를 냈다. 동시에 풍경이 움직이기 시작하더니 세상이 마치 뒤편으로 밀려났다. 바퀴는 세상이 뒤따라오기를 용납하지 않았고, 타인의 사정도 개의치 않고 두 사람만 남겨놓고 속도를 점점 높였다.

　풍경 안에 마법사 한 사람이 서 있는 것을 발견했다.

　한순간 시선을 주고받았지만 그것도 바로 테두리 밖으로
흘러갔다.

끝.

에필로그

쾅. 튕겨 올랐다. 쾅. 튕겨 올랐다.

흔들리는 마차에 맞춰서——자신의 의사는 아니지만
——튕겨 오르며 클루는 멍하니 창밖에 시선을 보냈다.

역시 관리 빈도의 차이 때문인지 시에서 벗어나자 도로의
포장 상태가 시내보다도 조금 좋지 않았다. 그 탓에 마차 안
도 크게 흔들렸지만, 쿠션이 많이 놓여 있어서 아프지는 않
았다. 보석상회의 관리인이 줬다는 사탕을 입안에서 굴리
자 싸한 달콤함이 목 안에 전해져서 클루의 배를 안정시켜
주었다. 이 정도라면 올 때 느꼈던 지옥을 다시 맛볼 일도
없을 듯했다.

건너편 자리에 앉은 스푸트니크는 창가에 팔꿈치를 괴고
가만히 밖을 바라보고 있었다. 그의 반고리관은 거친 대우
에 익숙한지 멀미약이 없어도 안색이 전혀 달라지지 않은
것이 부러웠다. 예전에는 자신도 그랬는데 말이다.

마차가 아무리 흔들려도 동요하지 않는 아득한 회색 눈동
자는 지금, 대체 무슨 생각을 하고 있을까. 가게에 대한 생
각일까. 상회에 대한 생각일까. ——아니면?

"왜 그래?"

생각한 순간, 갑자기 그 회색이 클루를 비추었다.

그 순간, 그녀의 어깨가 흔들린 것은 결코 마차 때문이 아

니었다.

"벌써 울렁거려?"

"아, 아뇨."

"그렇군."

답하자 스푸트니크는 모호하게 고개를 끄덕이더니 "심해지기 전에 말해줘"라고 말했다. 그러나 그 음성도 불분명하고 아득하게 들려서 클루를 진심으로 걱정해서 하는 말이라고는 도무지 생각할 수 없었다.

그리고 다시 그의 눈동자는 밖을 보았다. 아득한 그 눈은 무엇을, 누구를 생각하고 있을까.

자신도 모르게 손에 힘이 들어가서 조여진 종이봉투가 꾸깃, 하고 비명을 질렀다. 괜히 그의 마음을 이쪽으로 돌리고 싶었다.

"저기. ……하나, 먹을래요?"

구겨진 사탕 봉투를 내밀었다. 스푸트니크는 흥미가 없다는 양 클루와 종이봉투를 보더니 나른한 듯이 손을 천천히 흔들었다.

"필요 없어. 난 멀미 안 하니까."

"그치만 시원해요. 맛있어요. 자요."

"위험해. 서지 마."

"내 운동 신경이라면 문제없어요. 그러니 자요."

그녀는 마음에도 없는 소리를 하고 창틀에 손을 대고서 한 걸음 다가갔다. 봉투에서 사탕 하나를 꺼내서 스푸트니크의 얼굴에 갖다 대자 그는 귀찮아하면서도 입을 벌려주었다. 사탕에서 손을 떼어냈을 때 엄지가 입술에 살짝 닿아서 흠칫했다.

그 방심이 좋지 않았다.

순간 바닥이 크게 기울었다. 균형이 무너지는 바람에 소리치며 클루의 머리가 창문으로 향했지만, 부딪치기 직전 어깨에 충격을 느꼈다. 간발의 차로 스푸트니크의 손이 그녀를 붙잡은 것이다.

손은 클루의 몸을 그대로 끌어당겨서 그의 가슴에 그녀의 몸을 고정시켰다.

올려다본 끝에 스푸트니크의 눈이 치켜 올라가서 무슨 말을 하고 있었다. 분명 "그러니까 말했잖아"라든가 "조심해"라고 혼을 내는 말이겠지만, 귓가에서 두근두근 떨리는 심장이 그 말을 가로막았다. 시끄러운 심장 고동은 창문에 부딪칠 뻔했던 충격 때문일까 아니면 그 상황에서 구한 그의 팔 때문일까, 또는 눈앞에 있는 회색이 그녀만 보고 있기 때문일까.

우선 "미안해요" 하고 사과하자 그는 한숨을 한 번 쉬고 팔을 풀어주었다. 빠져나와서 원래대로 스푸트니크의 건너편……이 아닌 이번에는 곁에 걸터앉았다.

그는 미간을 찡그렸다.

"너, 왜 이쪽으로 온 거야?"

"신경 쓰지 마요."

"그쪽에 앉아. 진행 방향이랑 반대 방향이면 멀미가 나기 쉬워. 무엇보다 좁기도 하고."

"괜찮아요, 멀미 안 해요. 좁은 건 생각하기 나름이에요."

"생각하기 나름?"

"네. 생각하기 나름이요."

그녀는 가슴 앞에서 주먹 두 개를 불끈 쥐어 보였다.

그러자 그의 미간에 진 주름이 느슨해졌다. 마음이 누그러들어서가 아니라 단순히 기가 막혀서인 듯했다.

"……못 말리겠군."

그럼에도 그는 클루를 거부하지 않았다. 가까워진 어깨가, 좁은 의자가 그녀는 무척이나 기뻤다.

단둘이 탄 마차 안.

창문에 뺨을 찰싹 갖다 대고 클루는 온 방향을 보았다. 피네치카 시 입구는 이미 작아져 있었다. 상회도 방문했으니 클루는 물론 스푸트니크도 한동안은 그 도시에 갈 일이 없을 것이다. 그 자리에서 움직이는 일도, 마차를 쫓는 일도 없이 순식간에 멀어지는 도시의 모습에 클루는 큰 안도감을 느꼈다.

——클루가 이 도시에서 빨리 돌아가고 싶었던 이유. 모두와 약속한 선물도 사지 않고, 많이 예습했던 관광도 하지 않고 이 도시를 한시라도 빨리 떠나고 싶었던 이유.

마법사가 두려웠기 때문이 아니다. '만나고 싶지 않다'고 말한 '그녀'의 의사를 거든 것도 아니다.

단 한 가지. '잘못해서 만나게 하고 싶지 않았기' 때문이다.

갑자기 목이 괴로워져서 마른기침을 했다. 두 번, 세 번. 손수건으로 입을 막고 몇 번쯤 기침을 반복하자 보석 하나가 나왔는데 그 형태와 색이 어젯밤에 뱉은 것과, '그녀'에게 준 것과 많이 비슷했다.

목을 막고 있던 것을 토해냈다. 그런데 여전히 가슴이 답답해서 참을 수 없었다.

손수건 안에서 나타난 밝은 색의 보석. 그러나 시야가 점점 흐려져서 그 형태를 잘 알 수 없어졌다. 창문에 희미하게 비치는 자신의 얼굴이 무척이나 못생기게 일그러져 있었다. 건너편 자리에 놓여 있는 모자의 조화가 어느새 일그러져 있어서 자신의 마음을 상징하고 있는 듯했다.

하지만 그럼에도.

얼굴이 뾰로통해졌다.

"……옆자리는 내 거예요."

보석이 담긴 손수건을 꼭 쥐면서 중얼거린 말은 스푸트니크에게 닿지 않은 채 마차 바퀴 소리에 섞여서 사라졌다.

설령 그 사람이 은인이라 할지라도.

그것 하나만큼은 양보할 수 없었다.

고민거리와 오해를 싣고 마차는 그들이 돌아가야 할 도시로 두 사람을 옮겨다주었다.

보석을 토하는 소녀③
~재회의 도시에 숨어 있는 그림자~ 끝.

후기

생각해보면 후기에서는 매번 무언가에 대해 사과를 드렸기 때문에 3권에서는 누구에게도 민폐를 끼치지 않겠다고 마음먹었습니다. 하지만 막상 뚜껑을 열어보니 이번에도 여러모로 죄송한 일을 저지른 듯한 느낌이 드네요.

안녕하세요, 나미아토입니다.

늘 신세를 지고 있습니다. 죄송합니다.

여러분 덕분에 《보석을 토하는 소녀》가 3권을 맞이했습니다. 감사합니다.

이번에는 보석상으로서의 스푸트니크와 종업원으로서의 클루에 대한 이야기입니다.

여느 때와 조금 다른 장소에서 이루어지는 조금 불길한 만남. 어려운 문제로 고민하는 스푸트니크에게 도움을 주고 싶어서 클루는 열심히 노력하지만, 그녀의 마음에는 잔물결이 조금 남게 됩니다.

클루가 생각하는 종업원으로서의 '옆자리'와 그렇지 않은 '옆자리'.

예로부터 '운명의 상대끼리는 새끼손가락이 눈에 보이지 않는 붉은 실로 엮여 있다'고들 하는데…… 클루의 운명의 붉은 실은 대체 어디에 어떻게 연결되어 있을까요.

그런 이야기도 언젠가 쓸 수 있다면 기쁠 것 같네요.

감사의 말씀을 올립니다.

출판사와 크라우드 게이트 관계자 여러분. 여러모로 번기로운 작가입니다만, 이번에도 두루두루 따뜻하게 지켜봐주셔서 감사합니다.

담당편집자 U 님. 귀신처럼 적확하게 지적해주셔서 매번 감사합니다. 변함없이 딴 길로 새서 죄송합니다.

일러스트레이터 케이 님. 삽화도 물론이거니와 이번에 케이 님이 그린 《보석을 토하는 소녀》 만화는 한 사람의 독자와 같은 마음으로 즐겁게 감상했습니다. 클루 일행이 정말로 그곳에 살아 있는 듯하고, 《보석을 토하는 소녀》 세계가 정말로 그곳에 존재하는 듯해서 무척이나 기뻤습니다.

그리고 보석과 액세서리에 관한 잡다한 이야기를 많이 거들어준 나츠노 님. 변변찮은 작품을 따뜻하게 지켜봐주시는 액세서리 작가 여러분. 2권 발매일에 호화로운 케이크를 대접해준 친구들. 책방 직원분들과 온라인 등 여러 곳에서 《보석을 토하는 소녀》를 알아봐주시고 읽어주시는 여러분께.

이번에도 진심으로 감사 인사를 올립니다. 다음번에도 다시 만나 뵙길 바랍니다.

나미아토

이 특별 단편은 제본 방식의 차이로 뒤에서부터 읽어주세요.

스푸트니크 보석점에서 우리가 보내는 시끌벅적하고 즐거운 하루하루.

가끔 무서운 일도 벌어지지만——

스푸트니크와 함께라면 어떤 일이 벌어져도 괜찮을 것 같습니다.

그렇게 하루하루가 소란스럽지만 무척이나 즐겁습니다.

일라자 씨도 리아피아트에 또 놀러 오세요.

마녀협회 코쿠디에 지부

천컥

천컥

클루 씨한테서 편지가 왔어요.

클루 씨가 잘 지내는 것 같아서 다행이야.

그 아인 잘 지내는 것 같아?

천컥

천컥

불쑥

네.

뭐 읽고 있어?

그거 다행이네.

천컥

아

그런데……

소아란 님.

이

'보석을 토하는'
불가사의한 체질 때문에
옛날에는 험한 일을
겪기도 했지만

콜록

콜록

지금은
여러 좋은 사람들에게
둘러싸여 있어서
하루하루가 무척이나
즐겁습니다.

좋아하는 건
맛있는 음식이랑
귀여운 것들이
싫어하는 건
당근이랑
피클이며,

장래
희망은

리아피아트 시는 대륙 동쪽에 위치한 무척이나 평온한 도시입니다.

저, 클루는

그런 도시에 자리한 '스푸트니크 보석점'에서 일하고 있습니다.

슥

아

슥

3

Housekihaki
no
Onnanoko

Written by Namiato, Illustration by Kei

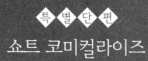

특 별 단 편

쇼트 코미컬라이즈

원작: 나미아토 / 만화: 케이

이 특별 단편은 제본 방식의 차이로 왼쪽 페이지부터 읽어주세요.

HOUSEKIHAKI NO ONNANOKO ③
©Namiato 2016
Originally published in Japan in 2016 by PONY CANYON INC., Tokyo.
Korean translation rights arranged with PONY CANYON INC., Tokyo,
through PONY CANYON KOREA INC., Seoul.
Korean translation rights ©2016 by Somy Media, Inc.

보석을 토하는 소녀 3

2016년 12월 24일 1판 1쇄 인쇄
2017년 1월 1일 1판 1쇄 발행

저　　　자 나미아토
일 러 스 트 케이
옮 긴 이 김현화
발 행 인 유재옥
본 부 장 조병권
담당편집자 김민지
편　　　집 김민지, 김진아, 정영길, 박찬솔, 권오범
라이츠담당 오유진
디 지 털 홍승범
발 행 처 ㈜소미미디어
진 행 협 력 (모니캐년 코리아) 이자묵 조수영 임재환 김수영
등　　　록 제2015-000008호
주　　　소 서울시 마포구 토정로222, 403호 (신수동, 한국출판콘텐츠센터)
판　　　매 ㈜소미미디어
마 케 팅 한민지
전　　　화 편집부 (070)4164-3962, 3963 기획실 (02)567-3388
　　　　　　　판매 및 마케팅 (070)4165-6888, Fax (02)322-7665

ISBN 979-11-5710-552-6 04830
ISBN 979-11-5710-371-3 (세트)